非關愛情

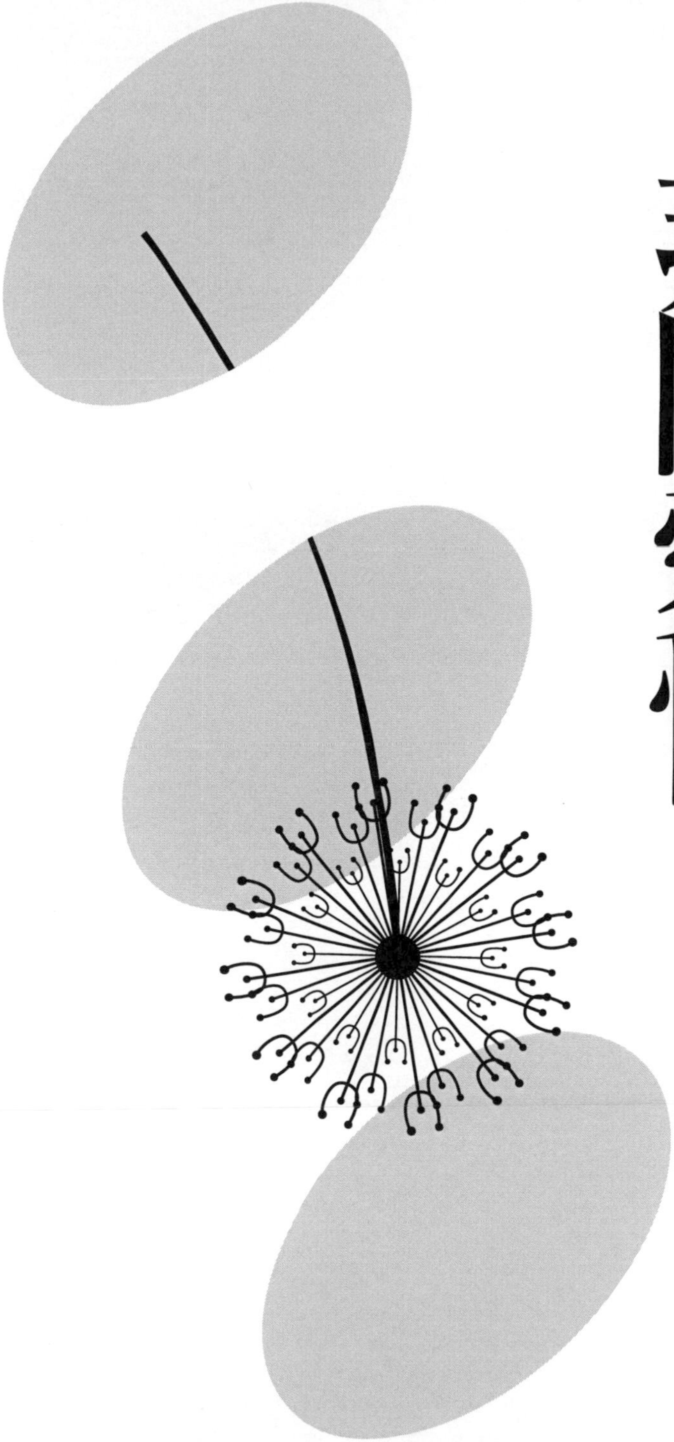

溫菱 著

自序

《非關愛情》這本十萬多字的小說，起先是和一些拙詩放在一塊要出作品集用的，但在秀威資訊公司的專業建議下被獨立了出來，當時聽到這消息時，我心中確實也喜出望外又戒慎恐懼，在煎熬了一段日子後，又驚又喜到最後原來是孕育了兩個書寶寶；或者是雙頭書baby不藥而癒，變正常了。總之，它還是墮地來到人世間了；或許有點跛腳，走路不穩，但說來性格還算隨和，不會一被碰觸了就要性子鬧脾氣，永遠張開雙臂以示熱忱。

「愛的疑仿」起始於蘇菲・卡葳（Sophie Calle, 1953-）的作品，大概是指偷窺、入侵和感官刺激普遍存在。除了在速食的現實生活中，在虛擬的網路世界裏也大同小異，每一個人不知不覺不但是被誘惑的人，甚至還是誘惑別人的人，並且在這種表演中，也體驗到生活各種酸甜苦澀，儼然成為現今的另類「愛」情。小說也來自現實，唯一不同的是在現實生活中的女主角，梅，從英國回來後就搬離家庭，後來逢週末會回家；也由於獨居在外，漸漸和母親的感情也變得融洽，只是嘴裏雖說原諒父親，但聽得出來語氣仍然相當忿恨，可想也知，畢竟，傷害已經造成。

寫小說真是件煎熬的事，完成了之後特別容易想起一些感謝的人，如我的家人，我的小狗，網友……，沒有這些人（狗），這整件事本身就不會那麼不可思議；也感謝《創世紀》詩社和秀威資訊公司寶貴的指教，沒有您們就沒有這個書寶寶。我對這個書寶寶只有一個「陪伴性質的娛樂」的期望；倘使能在這世界上帶來一絲絲喜樂，那就是一件很爽快的事，我和它也就滿足了，可以功成身退。感恩。祝大家如意快樂。

溫菱

二〇一一年五月

目次

第一章　雨和清冷的四月天

譚梅的敘述

（台灣某高中音樂系學生）

忽然，我醒來了。公車的窗玻璃被風拍打得咯咯地響，冰涼的雨水斜斜地落在上頭，街上清冷，風和車再一震，無數滴圓潤的小水珠匯集成無數條細長的水流，由一顆顆特別碩實的水珠帶頭往下滑溜，在碰到冰冷的窗框之後，消失了，留下街上給人寂寥的感覺突然格外鮮明，藍色的塑膠袋像狗一樣盡興地在車道上翻滾。我傾前再看，發覺雨水並沒有憑空消失，哎、雨水怎麼會憑空消失呢？我有些希望黏答答的雨水會憑空消失，但持續一天的雨天也不錯。鑲在窗玻璃裏頭的黑色橡膠條油亮著，窗框上的凹槽，有一片小小池塘似的積水。我在車上也不是真的睡去，相反地我還很興奮，是由於興奮過頭而感到疲倦，才不得不閉目養神。我還記得出門前我母親在門口扯開喉嚨叫喊：「今天是颱風天！妳要去上課!?」

「對呀，我要去辛先生家了。」我話說得明白，這個颱風天充其量不過又另外是個陰雨綿綿又低溫的八月夏日，我希望她別在門口大呼小叫。我壓著快被吹掉的帽子急著趕路，放棄一度關不上的拉門，公車駛過我家時我見到那門被密密地關上。它以前是自動門，後來壞了，多噁心的生活。一上車就冷得直發抖，我把冷氣孔調開；我曾打算帶那件新買的外套，得出門時想到要經過還坐在客廳看電視的父親（他可以從水族箱的玻璃上看到我的倒影），又因為包包裝不下於是作罷。那件黑色西裝外套穿起來很顯瘦保暖，標榜都會風情剪裁手法的網頁上還附有一則刻苦銘心的長途戀情，配上滿花版的藍紫色印度風長裙，將顯出十分幽幽深邃又剛柔並濟的古意。

公車上人很少，除了我和司機之外，還有一個阿婆坐在我前方，一對小情侶坐在阿婆右手邊。我獨自一人坐在位置上，拿出零錢包，取出零錢數算，銅板剛好夠我吃一碗陽春湯麵和付回程車資，但我告誡自己最好把餘錢存下來買明天的早餐，別像今早又餓肚子餓到中午，真的挺餓的。我坐的位置正巧可以從後照鏡看見司機的表情，他沒聽見那些銅板聲，我把銅板倒回去時，小情侶笑出聲音來，女的打了男的，男的要躲也躲不掉；司機的眼皮翕動了一下，也許是冷風的緣故，也或許是他聽見了，他心裏還在嫌棄我身上那件染上大片黃漬的白色休閒褲，這礙眼的景象在今天還沒結束前太早將他對於未來美好的幻想活生生地捲入不幸的漩渦裏去，他難道沒想過我也可以愉悅他嗎？我強烈地想把包包裏頭的長裙立即拿出來替換，好改變他對我的印象。當綠燈再次亮起前的這段時間裏，司機隨著電台哼唱起流行歌曲，他的刺蝟頭很帥，看起來令他很有朝氣，白嫩的額頭需要幾滴汗水灌溉一塊貧脊的土地一樣灌溉他的男子漢氣慨。如果能夠的話，我是該停下腳步讚美他的髮型，他或許會停止鄙視我和我的褲子。綠燈亮了，那換裙子的念頭隨著一部莽撞的名車急馳而逝，我想到辛先生就不由自主地笑了。

這幾天馬路上有下水道工程進行，據說要做一個月，路面被挖得坑坑巴巴，由於地面溼潤，車輪陸續濺起泥巴、砂塵和糞屑，前方路邊的一顆小松樹下站著一位少女，松樹枝一度打在她開花的傘和頭髮糾結的頭頂上，她一面拉扯傘一面撥弄亂飛的髮絲，不時提高滑落到手肘上的皮包，在公車停靠之前，雨傘終於恢復原貌，她將那被風吹得疲軟的頭髮撩撥到頸子後面時，公車也準確無誤地停靠站牌前。

「去那裏？」穿窄裙的少女登上來，一雙雕花的淺棕色長統靴踩得地板叩叩作響，她看了我一眼但很快地又把頭轉到別的地方去，她小心翼翼地以免走光引起男人暇想。我回憶起上車時司機並沒有問到我去什麼地方？我常常搭這班車，也許他早已經知道我要在那裏下車了吧。不，不是這樣，最先的時候他也沒有詢問我到那兒去，而是我率先開口和他說的。倘使那時我晚一點投幣，他會不會也親切地問我「去那裏」呢？我想不會的，他過他的日子。少女坐定在令人羨慕的司機旁緊鄰著門的座位後，車子再度緩緩行駛，她掏出面紙擦拭整理儀容，我懷疑她臉上是否真沾上了爛泥；我想到達西先生被雨天還去探姊姊病情而弄得一身狼狽的莉琪深深吸引住的那幕。接著她給他地名，兩個人就閒聊了起來，男人的舌尖上總有積久特殊的氣味以致於他們說話時，特別在女孩子面前，總像在嘴裏含著一顆像魯蛋這類東西似的講著。小情侶的吵鬧不知何時早結束，彼此靜靜地相互依偎，阿婆緊張兮兮地捉著椅子扶手和前方座位的椅背，引頸盼望。我也是穿長統靴，但沒有任何紋飾，上頭馬蹄形的環扣頗增了點時髦，只不過長褲蓋住了它。

我渴望起辛先生的手撫摸在我肌膚上的觸感，想著想著，那落在窗上的小水滴也變得可愛。我換到最後一排，刻意和所有人保持一段謹慎的距離。倚躺在位置上，放任兩股深處的肌肉強烈地收縮，不停的收縮，直到它像一座鐘一樣響盪盪了，推滾那力量強大而急促的痙攣到全身各處，腳尖指尖腫得需要人舔舐，我需要更多的空氣驅趕它，愛慾的餘音蓋住一切，我環視四週察覺它仍舊在體內抗拒著，大腿因為用力過度軟癱在柔軟的人造絨毛上。聾啞中我來到辛先生面前，我們赤身裸體，我相信那洗澡時注視自己的裸體才有的遺憾心情也只是偶發的，再過幾分鐘後他將親自前來為我打開大門，還要再過一段時日我們才會合而為一。他身上也有一股自有的氣息，易以辨認出的味道，要親吻後才能破除迷惑的味道。

「哦，妳來啦。」我按了門鈴，辛先生來開門說，我特意拉了拉在公廁換上的裙子，撩起及踝的裙擺，搖搖擺擺地經過他胸膛前，心情愉悅在他背後玩弄他那句話，說：「我總是很早到呀，而且準時在上課前十分鐘到呢，老師你沒發現嗎？」他楞了一下。是的，總是如此，她常常準時在這個時間來敲門。聽了這句話，辛先生（我不稱呼他為「老師」，因為我是「辛太太」，不過現在還不是）一面看牆上的掛鐘一面走進琴房，他搔了搔頭皮，我不禁由於他傻理傻氣的糊塗樣而噗嗤笑了出來，他進去繼續他的工作。當那拉門一被拉上，彈奏不久的琴音旋即夾雜斥責聲，旋律變得斷斷續續，窗台外的花盆被強風吹落在地上，發疼似地一陣長長的呻吟，一片鐵片喀啦喀啦地和葉片一塊被風掃過，被吹到了角落，那琴音也被掃到了桌子上色澤飽和的黃菊花上，我走上前端詳和謹慎地嗅聞它的香味時，發現淡黃色的室內原來盡是菊花香氣馥郁，而這個房間本身就是這朵快開散了的菊花似的。琴房裏所有的一切動靜剎地停止，角落的鐵片再次被風翻攪，轟─轟─轟，尖銳地嘶啞地叫著。一個女人夾緊大衣瑟縮身子從甫停的車裏衝到大門前，我去為她開門，她看了我便驚呼道：「哎呀，今天還有學生來上課呀！真是用功，外面在下雨呢。」

「哦，妳還穿這樣……。」她打了一陣哆嗦，而我還是很從容優雅地撐著大門把鎖，告訴她：「她還在上課。」

學生的媽媽板起臉孔，沒好氣地看我一下，辛先生來到小女孩身後一臉怏怏不樂，但他什麼話也沒說，只有一杯熱茶騰騰地在胸前冒白煙；她在辛老師面前又對自己輕慢我的態度感到相當不好意思。辛先生容許我不可一世地站在他家裏。那令人嫉妒又不怎麼樣也沒什麼了不起的國小女孩已經淚眼汪汪站在她娘面前，只差沒朝她撲上去。我想孩子傻了，這家長也跟著孩子傻了吧，總之這對苦命母女像把客廳當舞台在蘊釀悲情似地面面相覷好一段時間，她又瞄看了我一眼，我朝她勉強擠出笑容，抗議她倆既無濟於事又裝模作樣，我太了解辛先生了，他會關心任何人，基於悲天憫人的性子，但學生們都別想從他身上得到更多愛。她總算牽走她女兒，忙著和老師說抱歉之類的話，然後說到最近學校課業比較吃重，我又同情又忍不住想嘲笑她倆一番。

表面上我還是寬解她的愁悶，安慰她：「我以前也是這樣，都好忙呀，有時候既使練了好幾個小時，但結果還是不能讓老師滿意。」辛先生緊繃的臉剎時放鬆了。

「王太太……，」辛先生也是相當心疼，和我一樣見小孩哭就心軟，他把熱茶擱在書櫃上，頭一歪簡短地說：「一個月後就要比賽了哦。芳岑。」他經過我的時候，寬厚的臂膀比籐椅上紅艷的繡花抱枕還要迷人，我想如果我再靠近一點的話，一定可以從起皺褶的袖子上聞嗅到某牌子的煙味，或是酒味；或許我只能推論辛先生有小酌二、三杯的習慣，哦、這種推論對他真是不公平，但是那個單身男子沒有壞習慣呢？更何況他的壓力一定比誰都大。

「妳進去。」他說。我看了一下時鐘，已經二點整了，我的時間到了，我躡手躡足地走進琴房，他的口氣大可不必要那麼兇，男人都需要格外保護自己的一些小祕密，特別是像他這樣謹慎的人來說，虛張聲勢也是很好的偽裝。我走過一段短短的走廊，來到那條被閒置在樓梯扶手上的紅內褲前，瞄了幾眼，發現它是乾淨的，用指尖戳了一下，最後只好裝作視若無睹地下了階梯，廁所幽暗。對於像辛先生這樣嚴謹男人來說，他心裏的祕密如同今天這件男用紅內褲帶來的驚喜，只存在特殊的境遇下才能被顯示出它在這世界上的意義，且都可被視做獨一無二。

琴房在一道走廊及幾階樓梯之後，我坐在鋼琴前深呼吸，彈奏上個月辛先生交代的功課，讓莫札特的一首奏鳴曲像鮮花一樣地綻放窗前，我的手指頭漸漸感到暖和而變得敏捷。我一面心神不安樹梢像破布一樣地被撕毀成片，一面注意到客廳裏幾度陷入短暫的靜默，我知道那叫芳岑的母親，灰白色的風衣還搭配一條豹紋長圍巾，也許我也該有件風衣，好讓我不用在風大的天氣裏牙齒打顫，喉嚨腫痛。我遠遠就可以聽見她是穿高跟鞋來的，後來才知道那種濃烈的藍被叫做土耳其藍，也許下次我也可以圍一條豹紋圍巾，也穿一雙土耳其藍高跟鞋手挽著辛先生一塊上餐廳吃宵夜……，辛先生會來為我開車門，待我像個成年女性。她現在一定很想吞掉她那活生生又丟人現眼的女兒。amaro……痛苦，我知道在每週南下到音樂教室上課都會經過火車站的一家飾品專賣店，網路商店上應該也有類似款的鞋子。對於我所彈奏的曲子，芳岑會怎麼想呢？這曲子我已經不下彈了幾百次，我還預先知道音符會越過一連串的顫音之後，再乖乖按著原先的位置排列整齊，就是這裏，不要動，現在我要好好數一下看有沒有偷跑出去的音符！

我幾近完美地彈第二遍，驚異芳岑的身影映現在穿衣鏡裏，過了幾個小節後，我才停止彈奏並且煞有其事抱怨道自己是付出了多大的心血來練習這曲子，我說出一貫會在成群讚賞我的聽眾們面前低調的話：「真是不盡滿意哪。」

那個叫芳岑的女孩子，眼睛一眨也不眨地站在原地，直覺告訴我，是女孩子的話內心會生起多麼深厚的羞辱，回去找她娘哭吧，我才不管她。我母親由於長期勞動，風衣套在她乾瘦的身型會使她看來更寒酸，不只是外表的寒酸，還有她眼裏流露出的不安也會令她從頭到腳徹底的寒酸。芳岑的母親來到她身邊，她的手輕拍芳岑的肩，說：「妳看姊姊彈得多好呀……。」

廢話！我抿著嘴唇去翻樂譜，漫無目的吵雜地翻著。我想我的上課時間應該已經早就開始了吧，這對母女佔用我的時間也太久了，我聽到辛先生在講電話。我面無表情地繼續彈奏熟悉的曲子，她們一旁聽著，風又開始呼嘯，漸漸地鏡裏的影像在激昂的旋律裏跟著晃動了起來，油水裏的身影，油水裏的風息，她們痴迷的神情上的一對對眼睛放射出青的紅的火光，「彈得多好」這句話也只是飽足後的閒聊，她們很快就會在家族聚會時又說些根本毫不相干的其它事情，充其量它還不是用來打發時間，附會雅趣。

「別再彈這首了。」

我抬起頭來才發現辛先生已經坐到我身邊，他又和往常一樣，捨棄椅子不坐，和我一塊擠在同一張鋼琴凳子上，我轉頭去尋找那對母女時，只聽見芳岑童稚的聲音問辛先生有條紅內褲的什麼事，門旋即被重重地關上，門鎖也安然地滑落在它該滑落的軌道裏頭，「喀嚓」一響。辛先生大概也聽到了，我尷尬地看著辛先生；他問我上週課上到那兒？我翻到這週要彈奏的部份，卻一直夾不好琴譜夾，手指頭不停地顫抖，心裡嘀咕別人也會看到它，很想建議他去收那條褲子。

飲水機就在鋼琴前方，靠著牆壁，上頭有一副冷藍色調的人像畫作，畫作最低部潦草的簽名很大氣，我始終猜不出這串名字是由什麼英文字母組成的……也許它不全是英文。辛先生倏地站了起來，他的手掌碰觸了我的背部，很快地，那肉感不幾秒就溜走。他走向飲水機另外又倒了杯溫水，我的臉情不自禁地熱了起來。辛先生今天穿深灰色的上衣和淺色的牛仔褲，我沒想到他也會穿紅內褲，他也迷信紅內褲會帶來好運嗎？那他今天的內褲又是什麼紅的顏色呢？真希望和我一樣。他拉來一張小凳子，將那杯水擱在上頭，順手拿起放在鋼琴上頭的文件，這杯白色的溫開水和那份文件都是給我的。

「這種天氣，你穿得太少了，怎麼只穿這樣呢？」

「因為今天要來老師家上課。」我說。屋子裏的燈光閃滅了一下，似乎更亮了，我眼睛往上瞟，想也許省電燈泡根本就沒有壞。我不知道，我不會看，它不像燈管有焦黑的跡象，若是沒有，怎會異常呢？我深深地吸吐了一口氣，室內的確變得更寬敞更明亮，也覺得天氣不像辛先生所說得有那麼冷。

「老師，冷嗎？我不覺得冷……，現在是八月，是夏天；你會覺得冷……」我清了一下痰，「需要一個緊緊的擁抱」這句話由於辛先生指示我看他的文件而沒說出來。這是比賽簡章，我幾乎要尖叫了起來。

「怎麼面有難色了呢？」辛先生那雙始終很淨白的手指頭輕輕柔柔地開始在琴鍵上示範新的曲目。哎，多麼美妙清脆又安靜的旋律，他的側面更是俊俏，我可以感覺到他那部位的勇猛。辛先生，為什麼你要對我這麼溫柔親切呢？你還記得為我倒杯溫開水我就死而無憾了。我趕緊將杯子捧在掌心，深情地將唇貼在瓷杯上頭，唯恐水會冷涼得極快，或是那柔情蜜意會隨意地被時間沖淡。在公車上性慾高漲帶來的愉悅，非常渴望辛先生的慾求，它們悄悄拜訪過我的心臟，我的心臟綿密訴說的就是這事，這會兒它排山倒海急衝直下，扣門我的下體，狂烈地，我挺直腰背，下腹倏地收縮了一下，它牽引我也牽引辛先生的那個部位，你聽到了嗎？它正在問你：「你願意嗎？」

他做了，他愛我。我瞄到辛先生勃起，他在勃起之前就先一步遠離我的視線，但還是被我看到了。他快步進到廁所裏頭，我被他突來的舉動弄得不知所措，愛情沖得我頭腦昏亂，那些音符也開始不安份地在五線譜上上下下，讓我涼冷的手指頭疲於奔命而衰弱。我焦急地想哭。我彈完一頁，辛先生進到廁所裏頭已過了好長一段時間，我一頁翻過一頁，心裏愈來愈不踏實，卻又不願意浪費上課時間尋找他，只好盼望他會仔細地聆聽。後來廁所的門輕聲地被打開了，他回來我身邊，站在我身後指出我彈錯的地方，並且要求我再彈一遍。我擦掉眼眶裏兜轉的淚水，停下來告訴他說我被他草率的行為嚇到了，鏡子裏的我楚楚可憐地和他訴苦，他啞口無言呆若木雞，一個臉紅通通地，我趕緊低下頭忙著彈琴。他凝視我的確有那麼幾秒鐘，他的眼神既不愁悶也不洋溢熱情，沒有絲毫因為愛情的折磨而變得暗淡，真令我失望，這些日子以來他夜裏難道不思念我嗎？我會花一整晚去探究他心情鬱悶的原因；如此說來，他還真有修為，沒有因為痛苦而變得瘋狂，我果然慧眼識人。在那之後他依舊矜持，我又再次無法從他眼裏看出我所期待的柔情蜜意而心灰意冷、沮喪，但我發現辛先生有一對我從未見過的明亮眸子，我的心又再次悸動著，他那沈穩又君臨天下的氣質……，在他面前我感到我在發抖。

「來我的音樂會……。」

是的，辛先生親自口頭邀約我去他十月份的音樂會，我相信我是世界上最早知道這消息的人。他那時一臉鐵青而我同時也深感愧歉造成他不自在，真是奇怪的反應，他心裏該是高興的吧!?男人深夜為了那檔事不是都會從床上爬起來嗎？不過，我也挺猶豫的，因為他是用細如螞蟻一般的音量對我說「來我的音樂會」，我那時還以為自己聽錯了，他態度應該更大方一點好讓我有些安全感。我看到他的紅內褲，其它人也都會看到，我為此感到忿怒。會有人提醒他該收褲子這事嗎？他怎能對我提出邀約後還和別人講到私人衣物這樣隱密的事？他應該在那個時候（在我面前）將它收起來才是。我怯怯附和他：「十月，還很早呢……，難怪都沒有看到相關消息。」一看到辛先生鐵青著臉，我只得把話說得溫柔又委婉。辛先生，請不用也不需要在我面前武裝自己。我慢慢熨平他浮躁的心緒，摺疊好它，然後將它放到屋子裏頭陽光最充足的地方。辛先生隨興彈奏了一段憂傷優美的曲調，他感嘆道：「多麼美妙的音樂呀。」

我在回家的公車上沈鬱地猜測辛先生對我到底是什麼意思呢？他難道不愛我嗎？那他為什麼邀我呢？他不會不愛我，是的，的確是這樣。男人只對他感興趣的女人有反應，也許是工作壓力不允許他坦白，他不想耽擱我的課業，我聽說和學生談戀愛的老師都不會有好下場。他滿腔為人師表的責任和使命感，就好像他招呼那後來進來上課的男孩子：「哦，你來上課了。」在他眼裏，誰都長得一模一樣。

時候還沒到。

今天課上得比上週還無趣，樓梯扶手上也光禿禿的。只有當我問及辛先生關於他十月音樂會的節目時，氣氛才熱絡起來，我喜歡看見他快樂，誰給我快樂我就對誰好。在時間快結束前，門外傳來陣陣喧鬧的噪音，靜落在玄關前，一群女孩子當中的一個低沈女聲最為嘹亮：「厚，被辛老師知道穩被罵死的！都是你們！」這句話消落後門鈴響了。活潑的女孩子們來找辛先生，我就一直覺得辛先生也有他好動的一面，而且，我一直不知道原來辛先生家有裝門鈴，至少我現在知道了，以後不用再擔心敲門沒被聽見。這四個女孩子一下子衝進客廳令我坐立不安，他們像潮水一樣來了，我站起來擋也擋不住，在他們退去後所有的一切都被沖刷殆盡，其實根本就不用等到他們離去，辛先生走向他們時就把我遠遠地推到他們之外。辛先生在對他們介紹我這個學妹，對我招手時，我鼓起勇氣從鋼琴後面走向他們。後來大家講到激動處，我問學姊們願不願意順道載送我回家，不過他們對這請求都感到相當錯愕，目光輕緩地從辛先生身上堆累過來，我又忍住不往辛先生的下面看，以免他的臉又青一陣紅一陣，特別在學姊們面前，我或許要比辛先生激動而輕易地掉下淚來。多年後我走在前往公園的紅磚小道上，初春一棵光禿禿的枝椏上頭黃花錯落，花蕾綻放的巨木深深吸引住我的視線，沐浴在藍色空氣裏頭的黃花隱隱約約在清冷的四月回應這段往事。

第二章　下午五點到次日凌晨的這段時間裏

譚梅的敘述（台灣某高中音樂系學生）

十月，嚴格說來時序已進入冬天。當我一面吃泡麵一面看史瑞克時，仍然一直在苦思關於辛先生音樂會的問題，煩惱不知道該穿什麼去聽他的音樂會。其實我覺得費歐娜沒有變成美麗公主也是挺可愛的，而且，史瑞克又對她真心不渝……。如果我有費歐娜姣好的面容和身材，也不用總是在辛先生面前一副情不自禁要表現出楚楚可憐的樣子，那根本就不是我！我也許早在床上和他暖熱，我們會像小情侶一樣地打情罵俏，我也會從準備了好久的洋裝裏挑穿和天氣極為相襯的一件同他一塊出遊；每次要是不小心被我母親撞見我從便利超商取回的小包裹，她總忍不住要酸我一頓：「一個人一個身體是要穿幾件衣服!?」

一個人一個身體到底要穿幾件衣服呢？我沒想過這個問題。不知道我母親會不會去和那個懷疑我性向的鄰居激辯？今天回來時，鄰居看到我還刻意在我面前誇說「理幹事的女兒穿得很漂亮」，我沒有理他，他不能理解大大的外套在某個角度看起來也很像斗篷，我母親也不能理解那些。我瞪那鄰居未免太愛管閒事了，他們每一個人的話總是講得好輕鬆哪。他真該和我母親多文化交流，也許不需要有「激辯」這樣嚴肅的討論在生活當中佐証，他只要在她面前納悶我的打扮，或是扯到我的性向，其實只要在我母親心裏起了漣漪，只要點醒她的過失之處，哪怕是一丁點的，不論是在我母親心裏投進十台卡車或是一根羽毛都行。如此說來，在得到辛太太的名份後，辛先生若是知曉我們的戀情有多刻苦銘心時，一定會很感動。我聽說雙子座的人是會在夜半驚醒臉上掛著兩行淚的那種人，是世界上情感最纖細的人種；他一定會像皇后一樣侍候我，我難道不是他的皇后嗎？他要是像其它人一樣令我失望透頂時我一定馬上把他的嘴打到不能喝湯，然後一走了之。

我狼吞虎嚥塞完最後一口，關掉電視，奔到房間，呆站在穿衣鏡前有那麼幾十秒鐘，試穿買來的衣服直到疲累，後來靈感像一陣風吹拂過我的臉頰，我立刻關上半開的衣櫥門（這裏頭所有的一切都不盡人意），拉開衣櫥最下方的抽屜，從裏頭拿出半年多前第一次到辛先生家時穿的紅色格子短裙和黑色毛呢外套。

「妳覺得穿這樣去聽音樂會可以嗎？」我盯著我姊姊阿桃手上未拆封的粉紅色包包說，她有意借我，她稍候是願意的。

「嗯、不錯喔，看起來很清純……，」她眉毛一挑，眼睛從頭打量到腳趾頭，又評論：「男人會愛。」

「哦，真的嗎？」我半信半疑，這不是挺一針見血的嗎？真好，我還在想要不要買秋季流行又能甜美每個女孩子的荷葉滾邊之類的上衣呢。真高興這麼輕而易舉地就可得到辛先生的青睞，不過，我想，我應該不需要他那麼多愛，就在此時我不由得起了寒顫。辛先生邀我去他的音樂會是件很令人高興的事，可是我也從他的嘴前逃開──他該先向我求婚再來做那件事。我姊姊懂男孩子，她一直和一個迷人的男同事很要好，她只要一和他一起就發笑。阿桃比我年長也很熱情，我相信她的眼光。

「是怎樣的男人？」

「我的老師……，妳不能跟媽說！」我神祕又頑皮地咯咯笑，也終於明白為什麼一般人總是用「甜甜的」這形容詞來形容幸福的感覺。

我姊姊阿桃平淡的說：「好啊，如果妳要去的話，包包可以借妳，可是妳不能把它弄壞，也不能弄髒，到時要的話來我房間拿。」

「嘿、妳也知道我在想那個包包……。」

「誰不知道！」她恨恨地，怒視著我，語氣聽起來也不高興，然而這意思還是她出自她自己口中的，真是莫明奇妙！她丟完這句話就走了。呵、我沒好氣地嘟嘴，下一秒又沒來由地同情起阿桃，我將頭探到窗外去，或許是因為男同事最近不在，她打從心底孤單的緣故吧；我又站回到原來的位置，胸前貼著黑色毛呢大衣，看著鏡中的自己，想或許是她發現額頭上那幾道皺紋又變深的緣故吧。我楞在鏡子前，鬱鬱地不明白為什麼和自己的姊姊說話後自己看來反而憔悴蒼老，醜了些，是因為她惹我生氣所以我便自認為自己不夠漂亮嗎？還是鏡子壞了嗎？我敲了敲鏡子，接著又拿抹布來擦，鏡子沒壞，倒是髒了點。而阿桃，我的姊姊，又為什麼較像是在妒恨這事，像丟完垃圾後一樣頭也不回地揚長而去。莫非她不希望我過得快樂!?不，她還將包包借我呢。真是貪得無饜的女人，我心裏嘀咕；我真羨慕她保養得好的臉蛋，水水嫩嫩的，她一定是用很好的化粧品，她還有一頭捲得很漂亮又適合繫緞帶的長頭髮，真是貪得無饜，我摸摸我的臉頰說。我發現我的臉頰也豐腴不少，愈來愈福態，是嫁給好人家的福相。我硬著頭皮去向阿桃拿那包包，門微微地被打開，包包被丟出來，門很快地被關上。

「有沒有需要我幫忙的？」我很在意我姊姊的心情。

阿桃連個「沒有」也沒說，她一向不喜歡別人接近她的房間，在阿桃身上和房裏散發出的芳香對照之下，我父親遠遠從車裏飄散出來的香水味夠嗆死人的了，那氣味也不知道是車的還真是他身體上的，連我母親也拒絕他。

我記得那天是威而剛上市一週後的某個早上，我父親拿著藥丸對她說：「我有買啦，妳要不要試試看。」其實我母親一開始聽見這話的前半段還不解她丈夫所指何事，直到她看見他手掌裏美麗的藍色小藥丸後，連奔帶跑地往樓上逃命，那呻吟聲也因為喘氣而歪曲變形，和腿像要踹開一條頑固的蛇一樣砰砰碰碰響。藥效在她身體裏起不了任何作用，她覺得渾身不對勁極了。

我在樓梯口碰到她，問：「什麼事呀？」我那時候還不明白為什麼我父親要我母親吞下他所提供的藥物，人家說吃藥會傷腎。我想我母親病了，我焦急地問她。

「沒有！」我母親看也不看我一眼。

「妳還好嗎？為什麼要吃藥？」我又問，她面無表情：「沒有。你爸的房間太髒了。」

我父親也聽見她的意思，他氣得走下樓去咆哮了一陣子，自言自語，後來他終於從他房間裏出來，來到我們面前表述意見：「嫌我臭，他媽的，妳的嘴才臭！」我迅速地進到房間裏並鎖好門，鎖上窗，坐在床鋪上撫摸我那隻眼神無辜的流浪狗，和牠道歉將牠帶到危險的地方。我母親忍氣吞聲，她專心去聽連續劇裏男主角的台詞。客廳裏放在地上的韭菜是種田的鄰居送的，我猜我父親下樓後就把那些「便宜又臭死人的」韭菜丟進垃圾桶裏。因為他上樓來罵了她，又數落韭菜的不是（可憐的韭菜，韭菜防癌呢），這情形持續整整有五分鐘之久，然後撒了幾個銅板響噹噹滾在地上，我後來撿起來看，那裏總共不多不少五十元整，他要我母親去超市買些像樣的食物回來。

「我就是要妳去買！」他下定決心，他對她吼叫。

「他的車都有種怪味，車子還沒進屋子就聞到了。」我想引起我母親的注意力，她充耳不聞的樣子很嚇人，我坐在她身邊陪伴她希望她心情好些。陽台上鮮艷的黃色塑膠籃子由於窗玻璃分散了光源的緣故，入夜後就有夕陽慘淡的餘味。劇裏年輕的惡媽媽為了財產抱走搖籃裏熟睡的嬰兒，丟在旅館後也沒交代服務人員，就到丈夫的公司裏一把鼻涕一把眼淚泣訴孩子被綁架了，婆婆聽了又急又難過，一雙胖手撮了又撮翡翠戒指，那媳婦也不甘示弱，甩甩兩只亮晃晃的金耳環，手抱胸前滿腹委屈，聲嘶力竭：「都是妳不開那個記者才會有這種事發生！現在好了，林家的金孫如今下落不明，萬一有個三長兩短，到時就別怪我這個肚子不爭氣……。」

我母親冷言冷語說：「妳也一樣。」我楞了一下，我母親難道真是在說我嗎？我不圖謀她的榮華富貴，幹嘛用那種口氣和我說話？也還真是好心沒好報，她不知道我是特意來陪她的嗎？我母親的眼睛無神地盯在前方，像在回憶什麼事情似的，她責備我，嫌惡的語氣，冷硬的表情：「我今天才在路邊看到一隻狗被毒死了，爛到臭，人家都在毒狗，只有妳會撿狗回來養！把牠放掉！到時牠死了我不幫妳處理！」她好像劇裏的惡媽媽，我拒絕她並且討厭連續劇。她死心地下結論：「你們都一樣。」

「真是好心沒好報，我還坐在這裏陪妳！」

「陪什麼!?」

我生氣地跑開，被歸為和我父親同類也令我詫異和噁心。阿桃的身影映照在她房間的毛玻璃後面，她縮著身子傾聽，像停在天線上一隻不相干的老鷹，咻地一下，她的影子就消失在毛玻璃後面，然後拉門後面響起木頭碰撞在一塊的聲響。她要睡了，除非有必要，否則她不會再出來，她在空的鎖孔裏插上一隻筷子。我在我那冷酷無情的母親臉上尋不到一絲認同，自認倒楣，無趣地走開。

在第二次要去辛先生家的那個早上，我發覺我財務透支，我這禮拜買太多衣服了，而且音樂教室的學生又全都請假，在發薪日拿不到薪水真是夠嘔；我根本就沒辦法出門，我硬著頭皮去向我父親要二百元。他兩手一攤，聳聳肩膀，臉一橫說：「去寫請款單。」

我那有時間寫「見鬼的」請款單！那時我母親在門外進進出出，拿鐮刀、拿帽子、戴袖套，還拎雙新買的長筒雨鞋；她開始種田。住對面的鄰居上次從理幹事他家後院方方正正的菜園抱回一堆豐沛如血的紅蘿蔔（那是在我父親扔了五十元銅板要我母親去買菜的隔天），為此她笑得合不攏嘴，而肚皮頂著蘿蔔紅的針織衫的理幹事太太則不時低頭在後面撿拾那些掉落到地上的，她的蘿蔔被拔去一堆，看起來不高興，她及其它人也不會再來問我母親我父親叫嚷什麼。我想我母親應該是為了遠離我父親才跑去種田，收成倒是其次。反正她種田後就比在上班時還要晚回家，漸漸地有人常來我家；我父親嫌他們吵私下要我母親到外面去講，不要進到屋子裏來。我叫住我母親膽怯地和她說我的窘境，並且用身子有意阻擋我父親坐在客廳的背影，希望她不要聯想起我父親的錢財又把我的問題丟給他。她要我有空就去田裏幫她澆水，我想這樣也不壞，畢竟每每一想到當「伸手族」還真是件非常不好意思的事情。我可是夠倒楣夠鬱卒了，我母親問我錢都花到那裏去了？我支支吾吾說不出來，我不能和她說我去買什麼衣服自討挨罵及自毀「錢」程，我卑躬屈膝費盡口舌央求她先墊我二百元，等領薪水時會還她。

「我欠妳的嗎？」我母親在走廊上把錢交給我，我的手掌禁不起她的力道，在半空中晃了一下。

「我生來是要賺錢給妳花用的嗎？」我母親對我冷嘲熱諷了一番；她本來也只給我150元，在苦苦央求之後我才湊足了足夠的錢。但我也算是可以回家了。辛先生家附近的公車站緊鄰一座公園，我一直都以為所謂的「公園」應當有片讓人可以四處奔跑跑到腿軟的大草坪，當然還會有林木，但該比我看見的還要多上好幾倍，在樹下往上看時，那掌枝是會將陽光撕裂成許多碎片，是一個來玩的人們不需要伸手遮陽防止他們的眼皮被灼痛的地方。穿水手服奔跑中的小男孩跌坐在地上，童稚的哭聲淒厲地劃不破嬉笑喧鬧，小女孩們繼續繞著溜滑梯，狗兒繼續在沙坑裏挖沙；男童的父母過來抱他，啊、孩子，等你長大後他們對你還不如對一隻狗寬容。

公車還沒來。人影在眼前躁動，身體裏簡直有兩股力量要將我撕成兩半。我目送學姊們遠去的小汽車，我想她們很難看見我，在她們駛近之前我已刻意轉頭看往她們相反的方向，也許當中有個不重要的學姊瞄到，但帶頭的學姊不會在意我，她在辛先生心中很有份量，辛先生很讚賞她在全國音樂比賽中拿到優勝，還以她激勵我。她那句告別時的「辛老師喜歡腿長的女生」似言猶在耳，我的確該感謝她的熱心和祝福，但她可是我的敵人哪，她不經意流露出的眼神告訴我她羨慕、渴望一雙纖長的美腿，又我是她嘴裏「你琴彈得很好」的人，歡愉與憤慨的火焰在我心中燃燒，我也是她的敵人，甚至可說是一個不費吹灰之力就能擊敗她的勁敵，只少了一個和她一樣的「全國優勝」頭銜；可不是嗎？辛先生很專業呀，他也會希望他的另一半很專業，這很正常，我和辛先生唯一的差別我想，就在於他是個男人，也所以他才這麼有所要求；就像我母親有一天和我走過國小校門口時，她告訴我說我那當主任的父親以前是要和這國小的老師結婚，他結婚的對象和我母親是同學。倘使如此，我想我的生活一定很不一樣，我可能會是學姊群中的一個，在這個時節能夠也會和大家一塊到海邊把皮膚晒成古銅色。

捉一隻蝴蝶也許很容易，當希望飛來時，也該努力捉住它，不要忽略掉每一個機會；我非常明白我對辛老師做了怎樣不敬的，也幸好他不討厭我，畢竟看來在最重要的時刻我還是成功地含混了過去，矇騙過了大家，也許他們覺得我古怪。我希望得到大家的祝福，我想我是成功抗拒內心那要撕毀我靈魂的蠱惑。

我怎麼了呢？為什麼他們不會在意我會在意的事呢？當那做妻子的同她的丈夫走在一塊時，為什麼他們都可以無憂無慮地玩耍卻沒有像兔子一樣不停交配的衝動呢？他們克服了它，玩得好快樂呀，難道我錯了嗎？辛先生勃起了，男人不是為了那檔事連半夜都可以不睡的嗎？也許他不是我，所以在對「愛情」這事上，我們有認知差異。在公園裏玩耍的人一但離開公園後一定沒多久就開始懷念這裏，是由於無法像此刻一樣盡興而深切地懷念著，等到下次好不容易能夠出來戶外，再一次將蓄積已久的熱情用誇張的方式表現出來，他們只是表面上的快樂，其實內心充滿慾念。

在晚餐後大家就都各自做各自的事，我母親依然熱衷她的連續劇，一聽見劇裏那些耳熟能詳高亢縝密的陰謀和對白，我煩躁地關在自己的房裏練琴；至於阿桃，她還是一貫地神祕，日子久了就沒人知道她在那裏吃飯，但總之她就是吃飽了，她是一個隨時都準備好了的又漂亮的洋娃娃，現在是，以前也是，一直都是。我聽不見鋼琴的聲音，對窗外喊：「小聲一點！小聲一點哪！」我母親不為所動。阿桃糊成一片的身影飄過我窗前，我甚至沒聽見她的腳步聲，她忿忿地來到我母親面前，宣洩她可怖的不滿：「他來我房間。」

「誰？」

阿桃氣得發抖，她從嘴裏好不容易擠出那個字：「爸。」

「誰？」不知是否為我的錯覺，或它太震撼我了，我竟然覺得我母親是故意裝傻問阿桃，故意在她受傷的心上灑鹽，她稍早還故意不給我足夠的錢，折磨我一番。

阿桃從我母親的腿上抄起遙控器，她關掉電視機，接著使勁狠狠地砸在我母親前方的小圓桌上，她瞪她：「你老公！他上次來翻我的內衣，這次留用過的爛衛生紙……，妳看！」阿桃眼淚簌簌落了一串又一串，樓下一點聲響也沒有，是全然的寂靜，就算一輛烏龍車子衝進來，阿桃也不在乎，她扯開嗓門哽咽問她：「你們到底有沒有在做!?」

我母親檢視那團溼爛的衛生紙，久久說不出一句話，面對阿桃的羞辱，她盡一個身為母親的職責漫不經心勸她：「快結婚。」

我在阿桃鎖門之後，也鎖上了自己房間的門，狗毛很柔軟，帶來平靜，否則我可能失眠。第二天屋子裏只剩我一人在家，我看到那件我買給我母親的鋪棉外套躺在長椅子上，十分地醒目，我在口袋裏頭發現衣櫥鑰匙，拿了鑰匙後我將它扔在地上，沒再多看它一眼。我喜孜孜地打開我母親的衣櫥並且拿了存摺，當天就到郵局領出一筆為數不小的存款，接下來的幾天打理出國的事。

在這段期間的某一天理幹事的女兒介紹一個男孩子給我認識，我根本不想認識什麼男孩子，去認識男孩子就等同屈從了我母親自私的規勸：「快結婚。」

我寧願將這趟約會當成普通的朋友聚會；對於那個想認識我的男孩子也到了視若無睹的地步。我們四人一塊出遊，在回程時理幹事的女兒和我聊到她的珠寶（她裝模作樣地依偎在她的男朋友身上）。我們那時在原先走來的路上小憩，她問我我有沒有放珠寶的珠寶盒？還強調不是小時候扮家家酒破舊的鐵盒子。我坐在路旁的大石頭上，身上罩薄的素色洋裝緊緊地貼著胸部，平放測量有110公分寬的裙襬纏繞小腿肚，下腹部凹陷出一個洞。我尷尬地拉上扯下，這情形不該在男人面前發生，我也不總是願意他們的手撫摸我或是，來填滿我，只是，在他們面前我總會覺得被撫摸、被填滿了，他們只要憑著目光就能撩撥我身上任何一個敏感的部位，使它們起強烈的反應。她一直在等我的答案，我不想回答她這個問題，這陣可惡的風！夠令我曝露了。我也不懂珠寶這種我覺得還好的石頭有什麼作用？有那麼值錢嗎？我在銀樓外看過一、兩次後覺得也沒書本上形容的那樣光彩奪目。我的目光落在她衣襟上，理幹事的女兒眼瞇了一下，她遮掩她半露的乳溝，鎮定地對我笑了笑，她對我詳加說明：「妳根本就不能結婚，妳知道嗎？」說完她鄙夷地走開。回程我們都沒有交談，不是我的錯，況且，那男孩子還不是欺負我，我一落單，他就趁他們不注意時貼近我耳朵喘氣呻吟。我楞楞地坐在車子裏，又悲傷又害怕自己，我開始每天都迷戀將行的旅程及與之關連的所有幻想當中。

對於這趟一個月的遠行，這短短的時間或許不能安慰我，但聊勝於無。為了能永遠離開這裏，在那裏定居，我由衷盼望能在異國變成某某人的女朋友未婚妻。如果未能如願的話，那我也就真要死心認了「落花有意，流水無情」這話；反正回來後我還是可以繼續保守和辛先生小小堅固的戀情。人家總說「小別勝新婚」，這也正是我和辛先生最一針見血的寫照，他終究會熬不過相思寂寞，飛出台灣來到異地，激動地對我表明他的愛意，辛先生的上半身會越過大表姐家庭院的白色柵欄，他會抓著我的胳膊要求我回到他身邊，然後親吻我的額頭，或是我們做一整天的愛。

我永遠記得我最後一次上辛先生課的情形，我和辛先生說我要請假一個月，他相當不敢置信，問了我許多事（他大概也對英國很有興趣），在他的說服下我最後感到無比欣慰並且只和他請了三週的假，他那張綠臉笑了，我開心地還和他保証我一定會及時回來參加比賽，多麼純情的一對兩小無猜，那天我們又彈又唱。我還和他說我要到英國去探訪我大表姊他們，說是一生中家族成員都必行的旅程；他聽了眉頭一皺，肅然起敬，那樣子倒令我心如刀割，心亂如麻。他大概不知道他是唯一明白我接下來三週去向的人，當然也沒有一個同學知道我搭上周五班機直奔英國。

如果我母親能夠，她也許會早發現端倪，但我想她永遠不會知道我週四就在房內偷偷打包行李。當她在我房間隔壁看連續劇時，我房裏還不時傳來開開關關衣櫥的聲音，以及塑膠袋唏唏疏疏的響個不停；我甚至連房門都沒關上，連我也都可以清楚聽到她沈醉在劇情發展裏無意倒抽的呼吸聲。

我母親不哼唱廣播電台每天在同個廣告時段播放的老東洋歌曲，她相信起向電台購買來的萬能丸藥效，她還推薦我吃，來路不明的藥吃了真的令人神清氣爽。它使她精神煥發，她執迷不悔，就像她始終迷信彈琴這件事有一種妖魅魔力，這魔力守護所有彈鋼琴的人讓他們與世無爭，就連他們無心經過鄰居家門口的影子也能引來鄰居們的仰慕（說也奇怪，種田後我母親做任何事都隨心所欲地好像任何一個人能輕易做到那樣）。幾年後我才清楚她拉幼小的我去音樂教室報名那意氣風發的心情，在和她傾力關注連續劇裏的財產流向的對照之下，追根究底還是出自於眼底激昂鬥志殘留後的餘溫，除此之外，沒有其它。出門那天，她真的以為我凸隆的包包內放的全是樂譜，包包裏沒有樂譜，只有一條要在車站廁所裏替換的長裙和一件經過多次挑選後備用的薄外套。

我一早就搭高鐵北上，在車站的廁所裏換了長裙後就更像是個不食人間煙火的深宮女皇帝一樣光彩地出巡台北，搭捷運遊山玩水，然後再到松山機場。但在機場等候時，卻反而像個行竊的小乞丐，眼睛睜著那麼大，覺得隨時都有危機，心裏頭七上八下，那看到學姊們就想躲的衝動又回來了，我聽見自己心跳加速，儘管時間只不過是才過二點半，卻也開始想像他們發現晚餐時我沒出現的各種反應。

我最後還是撥了電話回家，電話被接通了，我詫異自己正在做怎樣的一件蠢事，在對方開始說話前猛然地掛斷電話。我一個人有氣無力地閒坐在大玻璃窗前，深深明白自己在這個世界上的渺小，一想到所有的一切都在家裏也都發生之後，就更顯得我這個人微不足道，我一看見明敞的大廳就以為我已死去了，路過的外國旅客留意我，就連操台語的一家人看來也好像外星人，黃色的老太陽低矮潰散。我拿起電話改打給辛先生，他才該是我要告別的美好對象。好說歹說，我要打一通電話，行前和某位熟人道別，這趟遠行才稱得所謂的「遠行」。況且我想聽見他的聲音勝於聽見其它人的，一直都是這樣；反正他也知道我要出國，打電話給他也不為過。只是一聽見他在電話那頭的聲音剎那，我又喜又傻了，下巴劇烈地不停地顫抖，結結巴巴地說不出一個字，我趕緊在他認出我之前掛掉，我為這粗心的舉動感到沮喪極了，同時又忍不住慶幸今天順利！我責怪自己幹嘛無端緊張？我有太多話要告訴辛先生了，我該多叮嚀他自己多保重，而且得大方優雅地和他告別才能匹配他尊貴英傑的形象，他也說不定因此又對我另眼相看一番，他會明白我和那群吵鬧輕浮的學姊是很不相同的，他該欣賞我的優點，而不是要求我也去比賽，比賽使我疲累。於是我深深吸了幾口氣，做足了準備，只是一切就緒後再打過去時卻一直沒人接。

我一個人在候機室裏望著走來走去的旅客，透淨敞亮的大落地窗上細細的窗框子，看久了彷彿會傾圮，碎玻璃四濺開來的想像嚇著了我。窗外的停機坪上和見不到盡頭金燦燦已融化了的太陽下，飛機巨大的黑色輪子此刻緩緩地沈穩地筆直滑進，幾秒鐘之後那架飛機就不偏不倚地停在我前方，它們帶來許多無可言喻和說不盡的期待。在一陣不可名狀的沈寂之後，眼眶開始慢慢地由於離別和猶豫而溼潤，一度又熱得頭暈眼花。一想到因為沒和某人成功道別而心生缺憾，那離別之情也就格外地顯得多餘無用，我反倒明白自己比較像個公認的笨蛋一樣；雖然沒有朋友為我反駁，可是我還有辛先生，如果我不那麼衝動，我會聽見他吩囑我多保重、多注意安全、還有……他也許會說他愛我。登機時刻一到，我毅然拎起僅有的一只行囊，「去死，」我記得我心裏碎唸過，「都去死吧，我父親，我母親，我姊姊……，」我頭也不回地上了飛機。我一定是想太多才會讓自己這樣依依不捨。

我裝模作樣地端坐在機艙裏，無拘無束任思緒心情飄盪，後來快樂得想大笑，有意拋棄心裏的不安。沒有人知道我從那裏來，沒有人知道我將要去什麼地方，我說，他們也不會知道我身上帶了多少錢？只要我不刻意想起這天之前所有的一切，我就能輕鬆地對每一個陌生的旅客大方示好，也能對每一個空姐笑，而他們，也對我笑了，白髮老伯稱讚我是個彬彬有禮又開朗的女孩子，他還把他的花生米讓給我，真使我熱淚盈眶，我真想笑一輩子，好讓所有人甘心為我掏出他們身上多餘的東西，如此，我名副其實也算是世界上最快活最幸福的人。我的包包上面綁了一條水晶珠子編成的粉紅色小狗在機艙裏頭閃閃發亮；也沒有人會知道其實它是被裝在大簍子裏擺到夜市攤位上供人挑選的。

坐在我身邊的是一位黑頭髮白皮膚的西方女人，兩條長長的金黃辮子垂在清秀的臉龐邊，辮子上繫了條大小不一黃點白底的蝴蝶結，立領下頭別了個銹蝕得嚴重的圓胸針，黑灰色的長洋裝被熨得硬挺，聞得出來濃厚的塵土味；靠窗的是恨不得他能夠和這西方女人換位置的，一個很是帥氣時尚的中年男子。

我心裏的雀躍之喜這時也乖巧了下來，陶醉在感謝眾神的眷顧和賜予我的祝福裏頭，覺得一開始就遇見這樣賞心悅目的人真是個好兆頭！我記起我得快為自己找個男朋友。那中年男子表情淡漠，他看起來應該和辛先生同年紀。我一面拿起我的筆記本記錄當下心情，一面思索該如何吸引美男子的目光及熱情，時間久了之後竟然就開始在筆記本上塗鴉。我國小時就和同好一塊畫少女漫畫交換看，既使當中的人物永遠是以側臉見人，故事情節也很簡單到不知所云的地步。儘管我父親禁止，但我們還是帶到學校交換看直到畢業前夕，畢業後她搬到外地去，聽說書唸得很好，我真訝異她的轉變。我在上頭寫了幾句話，筆記本上勾勒出一個少女不偏不倚地朝向我走來的樣子；我注視它，覺得畫的就是自己——我將踩在喧鬧華美的商店街前，也許在一個落日沙灘的未來。我為人物穿戴異族頭飾，但由於筆法變得陌生的緣故，修改多次，到最後已經變得很難反映出初始在心中的草圖。

它已經是面目全非了。

我不甚滿意地把圖拿起來看，頗為氣惱、失望，又將它放了下來，手裏握著原子筆停在上頭，正打算再翻頁重畫。這時候，筆記本右上方的空白處被身旁的西方女人迅速地寫上了「dangerous」這個字。

這突如其來的舉動衝擊我內心，在我心裏引起不小的恐慌，遲疑了幾秒鐘後，後來想想偷瞄她是何方神聖也不為過，才決定悄悄抬頭看她的真面目。她一臉氣定神閒，而目光呆滯，下一秒鐘卻唇線彎彎笑意，把臉轉向我，我們相互凝視也有那麼幾秒鐘，她安慰我：「not dangerous, it is beautiful」。她說完這句話就調整了坐姿，然後頭往後一靠，閉上眼睛，睡了。我繼續坐在那裏納悶想可能是自己聽錯了，也有可能是她說錯了，畢竟很少人會用「dangerous」這個字來形容圖畫。機艙內交談聲已靜落了好一陣子了，每個人都沈醉在自己獨有的情思裏，而我不認為我聽錯。我想我可能當時連自己出神了也不知道，即將遭遇原子筆筆頭快要戳破手指頭這類事情，而她好心提醒我；要不然就是她神經錯亂；我還想到會否她是有預言能力的女人，這想法又不真確，畢竟要預言空難最好還是公開宣佈比較負責任一點。我相信多數的預言家都是好人。由於比較擔心她的健康狀況和我的自身安危，直到瞄到她看起來真是睡死了一樣，那提心弔膽的心情才較為放鬆，也才縮在椅子裏睡覺，收回打算和鄰座的乘客提換位置的念頭。然而「dangerous」這詞深深刻在我腦海裏。

週二的時候我已經暗自打電話給我大表姊，說我將去拜訪他們。當飛機一抵達之後，旅客紛紛慵懶地從座位上起身，取下隨身行李，陸續地往艙門移動。我放慢動作稍稍地延展四肢提神；我觀察到我的狗睡醒後總先拉拉身子，而這果然很舒服（牠被我關進籠子裏，總是丟食物給牠的我母親發現我不在家後當然會餵牠）。同時這麼做也可以把目光移向坐在窗邊的中年瀟灑男子身上，可以多停留幾分鐘，祈禱他不經意地看見我。我希望他注意到我的笑容，也許我們稍後還會在異地相逢，不知道對方的過去，不考慮將來，只有共享的當下，每一天從叫喚著對方使人心曠神怡的名字開始；我想和他道別，或只要由於我的凝視而能使他在人類短暫的生命中先記得我一、二秒，那也是可以的。但我沒有看見他。或者是說我看到的就是他，也許當時是由於光線的緣故，或是角度的緣故；人都有某一個極為適合的角度呈現他獨特的美感。我頗為失望的是，他實際上看起來要比印象中蒼老許多、憔悴許多，是個趕往英國為商務所苦的發愁老人，少了中年人雄邁熟世的自信，看起來他也許已經破產了，說不定機票錢還是借來的。至於鄰近我身旁的西方女人，我發現她投我以恐懼的目光，我趕著下飛機，惱怒地迅速瞪了她一眼。我又想起她寫的那個字：dangerous。

我會有什麼危險呢？車禍嗎？我氣極敗壞地在心裏頭駁斥她，極力驅除壞兆頭。她真是個莫名其妙的女人，是瘋子！我想萬一真像她說的那樣要來了場車禍，如果因此可以繼續留在英國等到傷好再回去，老實講，其實那也不錯，但是被車子撞到是件很痛的事，況且，在這十幾小時的飛行當中，我無時無刻沒有不想到關於鋼琴的任何事情。我想到辛先生，想到我要補課的大志，想到貝多芬苦練的青少年期，想到手指頭敲打鋼琴的痛感，想到彈奏一首曲子時情感宣洩的極樂；哎、我怎麼能讓車禍這種事發生在我身上？反正我真覺得那女人十分古怪到令人生氣的地步，她的家人怎麼能夠讓她一個人獨自在外呢？這影響我的心情，減去了不少歡樂活潑的期待。

我跟著同機旅客走，最後終於來到了機場大廳。大廳裏有不少接機的人，但我很快地從人群裏頭認出大表姊他們。和大表姊一塊的還有她的二個妹妹，及她的妹夫。他們憨厚的熱情令我不由得發笑，我不再那麼在意方才發生的事，那瘋女人也沒有跟著我。我消遣大表姊，和她裝熟說：「只不過接個我，幹嘛全部都出動了？」

「我們很久沒見到你了。」她恭迎我大駕光臨。

我一下子就從人群裏看到他們來，特別是他們三姊妹；就算沒有我母親圓潤的下巴，也有我母親狹長上吊一對的單眼皮眸子。二表姊動過整型手術，但也由於她擠在她們中間，初次見面時還略為猜想是不是和她們不相干的陌生人，觀察一下兩方互動後也沒有那麼難認不出來，大表姊再介紹之後，也才了然確定原來這個特別與眾不同的人真是她們的親妹妹。大表姊很熱情，和我邊說邊走，我注意到在後頭的二表姊被冷落了，便刻意銜接大表姊才說完的話題。我問二表姊：「整型手術？削骨嗎？」我以為這是我們之間很好的開場白，但顯然沒有吸引到二表姊，大表姊也是一副意興闌珊，她漸漸變得沈默，她拉回轉身對二表姊比劃臉頰的我，牽住我直往前走。也是在後頭的三表妹，她此時上前來，草草問我家裏的人是否安好。我見了這清冷的狀況，心裏不由得焦慮擔憂我好像快得罪了一半的人。

「這裙子是妳自己買的嗎？」大表姊問，我「欸、欸」地附和，心裏頭很擔憂，想我可是要住在他們家三週的哪，萬一因此出了個差錯，打散了我的算盤，那我可就得提早回國了。而且，我也不想住旅館，聽說旅館是鬧鬼又很貴的髒地方。

大表姊又問：「我說，這裙子是不是妳自己買的？」她以為我沒聽見。

我草率地回答她是我自己買的，倘使不是在這種情況下，我會熱心地鉅細靡遺向她描述這家專賣印度傳統服飾的商店裏外佈置得是多麼地古色古香，裏頭的衣服花色多麼令人愛不釋手，而且交通便利，就在火車站旁。

「我也不知道這是什麼花？」我拉一拉滿花版的裙子說，非常希望她別再注意我的裙子，她願意的話就多說說她住所的事。我怎麼能提早回去呢？如果我沒有痛覺的話，我還真巴不得來場車禍；也如果不是因為課業的話，我也應該在課堂上建議或慫恿辛先生同我一塊來，我相信很快地我們會在這裏定居下來，以學術研究的名義或是演奏家的身份。就算被大表姊拖拉著，我也極盡友善地和三表姊表示全家人生活如常，然而一旁的二表姊頗不以為意；彷彿責怪我言行有所缺失似地，她繞到我面前阻擋我們的去路，一臉說不完的怨言和憤怒，盯得我全身虛弱了起來，冷汗直冒。

大表姊一時尷尬卻也顯得不耐煩，由於我們都被她突如其來的敵意嚇傻了，一時之間啞口無言，大表姊先安定我說了一些事後我想不大起來的話，然後語氣粗暴地問二表姊「到底」要幹什麼？她幾乎要同她吵起架來，三表姊夫走近來緩頰，勸她不要和她計較，別生氣，小心身體要緊。我站在那裏，呆若木雞，只好佯裝沒看見沒聽見這山雨欲來的風暴。他們爭執的聲音像炸彈一樣在人潮裏炸開，閃避不及的過客就繞過我們提防我們，或是極速地撇了我們一眼，噘起輕蔑的嘴角，表情怪裏怪氣地加速趕他們的行程。大表姊的確問二表姊：「妳『到底』要做什麼？」。除此之外的其它言語我認為傻笑和裝聾作啞還是最好的選擇；大表姊口中的「到底」兩個字，又加上她爆發開來的潰散情緒，我心裏不禁推測眼前這兩個人私底下相處可是長久地暗濤洶湧。

二表姊字也不說一個，她轉身走開了，我還以為我們要繼續往回家的方向前進，只是大表姊猛然拉住已自行跨步走開的我，我的眼光剛好掃在身材魁梧的三表姊夫身上，見他一動也不動地，二見他面滿愁容，我順勢朝他注視的方向望去，二表姊已離我們有一段距離了，再回頭看看大家，每個人盡是一臉無奈。我只好裝瘋賣傻笑笑地講些含糊話：「哦，二表姊要買東西吧，我沒看到呢，等一下吧。」

但這還是轉移不了也阻擋不了三表姊夫對二表姊的注意力和抱怨。當我第三次看到他時，他把臉一撇，像生氣的小孩聽不進去任何人的甜言蜜語，還帶著濃厚的不滿情緒和做錯事的羞愧；他的眉頭發瘋似地幾乎黏在一塊。事實上，說二表姊要去買東西是我亂猜的，她有可能去位在前方不遠的便利超商，或者是又改變心意走向服務台。反正，我們一行人就在她後面跟著，沒有人上去阻擋她，沒有人陪伴她，也沒有人問她要去那裏，做些什麼。二表姊走到便利商店的櫃台前，很快地，伸出一根手指指向服務人員後方的脫水水果，服務人員轉身拿下一包，一邊結算的同時一邊疑惑地望向結帳台旁等待的我們。我站在那兒痴痴地笑，竭盡心力對服務人員表示友善；處在大表姊和她妹妹的衝突下，心裏愈發湧起要結識那金髮碧眼的服務人員的念頭，心想在我們熟了之後，也許她就會像電影演的那樣隨時隨地歡迎我去住她那有小花園的家。她笑起來像天使，聽說外國人都很好客，要是有個萬一的話我也可以到她那兒避開表姊們的爭執。我也可能可以在英國工作，嫁給英國人，然後慢慢安定下來。大表姊私下拉扯我的衣袖，也扯掉我的期盼。服務人員沒什麼表情地望了一下又低下頭去忙結帳，有人以不悅的口吻向我們借路，我們就移往人群中最隱密的地方，並且持續注意人潮中二表姊隱現的身影。二表姊手裏抓著剛買的水果干走出來，盡是心滿意足的如願笑容，令人覺得她是一個既任性又頑固恣意妄為到不好相處的人；但我這個人什麼長處沒有，就是好奇心肯定要比別人強壯，而愈是艱難的挑戰愈能活絡我的好奇心，我明白也許和二表姊互動時不免得受些活罪，但在我有限的耐心裏我還是頗願意嘗試的。而且我最初的計畫就是打算在大表姊家住滿三週，怎麼樣也不能怠忽二表姊。

二表姊裏裏外外，行為或是穿著，都很別出心裁，相較於她的家人來說。我對於任何一個人的穿著是全然沒有意見的，肇因我不了解對方，對他所知有限，倘使要以第一次見面的印象來評論初次見面的人的打扮，我最多也只會粗略的認為是否合適於當下場合；然而二表姊的行為舉止還使我留意到她的品味實在與她的姊妹有天壤之別。二表姊腿上的是當季流行的花紋黑色褲襪，身上那件斜肩剪裁嫩綠花苞短洋裝版型是今年拍賣網站服飾類店家爭相模傚的對象，是最新的春裝款式，我記得在新聞上曾介紹過的春夏時尚展中看過這一款，不同於能夠在大賣場打折時可看到的那類大批從工廠製造出的深色寬鬆棉褲或是格子襯衫，大表姊和她的小妹穿的就是這類已經磨洗去了一層皮的襯衫，鬆垮又暗淡，而下身各是一條深色寬鬆棉褲。二表姊頭上抓了個髻，濃粧艷抹，手裏拎提名牌機車包；大表姊和她的小妹，都頂著一頭蓬垮稀疏的大捲短髮，脂粉未施，肩上掛吊布製購物袋。我猜她一定會覺得和她的姊姊們站在一塊是件很彆扭的事。我母親在他們家是第十三個也是最後一個小孩；小妾生的大表姊今年也四十五歲，過去我都是在相片中看見他們的，這算是初次見面。二表姊把她買的那包脫水水果干塞給我，不怒不喜，我順勢在大表姊的催促下移動腳步，匆忙中將零食塞進我的提包裏頭，我壓制內心的驚詑，然後當作什麼都沒發生過一樣跟著他們。我恐懼，因為我注意到二表姊的臉不再是我所熟識的。它在我和她四目交接的時候顯現出來，我看見二、三張不同女人的容顏，隨著光影的深淺和角度，在她原本的面貌上變化著。早先我就注意到二表姊的瞳孔不完全是深咖啡色的，是棕的，但又不全有晴空下屬於植物該有的鮮活色調，而是一片冰冷風雨中的荒原，眼裏的藍光像鬼火，那黑的藍是被凝結著勉強可辨識出的暗藍。

我也留意到三表姊夫奇特的反應；我的第六感告訴我，他和我一樣，有相似的經驗，在二表姊的小小的臉蛋上看到被多塞進去的二、三個陌生女人的臉孔，它們爭相推擠，每一張臉都想取代其它，都想從裏頭掙脫出來。

不久的一陣騷動後，警方已經來到機場大門前用封鎖線圍住了一個不大不小的方塊。二個警察負責驅散湧上來的民眾，二個警察在封鎖線圍起的方塊內交頭接耳。只是愈來愈多人往大門口推擠，爭先恐後地想一看究竟，人群像一塊崩落的山石堵住了大門口，我們移動地很緩慢，甚至已經被人群隔開。三表姊夫他倆夫妻很機敏地順著人潮走出了大門，我和行動慢的大表姊一落後就被遠遠地擠到後方，二表姊離我們很近。我們經過那吸引眾人目光躺在地上的男人時，二表姊悄悄地從包包裏頭拿出一面淺色木框的鏡子，她的動作很巧妙，像那鏡子是從前方的人的褲袋裏拿出來似的，鏡子反射出的光線就打在不醒人事的男人胸膛上，停留了幾秒鐘直到從男人體內游出的白色帶狀物消失無痕，然後她才若無其事地把鏡子放回包包裏，還帶著意味深長的表情。我看到了，一個警察也看到了，但他很快地又把頭轉開，專心執行勤務。

儘管二表姊脫序的動作是那麼突然，我還是早先一步把大表姊帶開，不讓她看到這情況，免得她原本才發愁的情緒更變本加厲，愁上加愁，連我這「遠親」也在她面前漸漸覺得於心不忍。而且，假期正要開始……。我們離開機場前我仔細審視那也看到二表姊怪異行為的警察，他是個年輕的警察，高挺，深色的頭髮和東方黃的皮膚，有點中西混血的味道在；我無法確定他是否也知道我留意他，或者二表姊奇怪的行為及白色「靈體」（我覺得是「靈體」）有沒有在他心中留下印象。二表姊上車後一派輕鬆又安靜，許久之後我才敢問大表姊她家是什麼樣子？知道它不是件傳統的老房子，而且門前生著一片沒有柵欄的草坪後也接不下話題了，也沒有再說過任何閒話。三表姊夫問了我很多問題，我也僅簡短地回答，不時打著哈欠或是顯出一副疲態，直到他注意到我累了，車裏就在引擎聲中陷入一種穩定又沈穩的平靜之中。

第三章 公路及其反方向和優雅的西珂芬娜小姐

譚梅的敘述

（台灣某高中音樂系學生）

我很明白我私自挪用我母親的存款是大逆不道的，也許這是我不經意聯想到我母親的主要原因，罪惡感和羞恥催促我盡早悔過以免得到快感之後反撲回來的不安與愧疚。和她們坐在一塊時，除了它，除了由於長途飛行的倦怠感，坐椅子的不耐煩，交談也因此變得是件令人厭煩的事。我想，他們不了解我的個性，更不是我，但這也好，有時候就讓他們以為我生性沈默寡言也行。車子駛了好長一段時間，左右壯闊的麥田往地平線延展平鋪而去，一波波黃，一波波褐，轉了好幾折，堆了一疊又一疊的浪，自得自在地搖擺，與路追逐就是不見其停留，相繼在開闊的天空下的邊緣交織成一條沈穩祥和的色帶。我見到了麥田就一度深信那是稻子，但後來意識到英國哪能種稻子，覺得課本上寫的也沒那麼難懂，後來幾隻令人驚喜的松鼠竄出樹葉探頭窺看，牠們無辜的眼神像在詢問我「你怎麼了？」，鬱悶的心情也就消散開來，欣賞起英國的八月恬靜的田園風光。田間偶有幾朵花椰菜大小般的樹苗佇立，待有機會靠近它們，才驚覺它們的魁偉巨碩，我未從見過那麼多巨木一塊長在田中間，那樹幹要三倍我的手臂長才勉強圈得住吧。從壯碩的樹上溜下一排松鼠，動作劃一如螞蟻，牠們捧著食物為我們送行，很幽默。遠方的麥田和濛濛的天空莊嚴穆肅，浮現出的一條色彩暈開來的白帶子簡潔補綴。天是白灰的陰，隨時都有下雨的可能。

「我們先去吃個飯，還有一段路呢，你餓不餓呀？」三表姊夫一邊開車一邊從後照鏡看我，後照鏡也映照出睡眼惺忪的大表姐，她伸伸懶腰，以及二表姊整型後一部份山脊一般突兀的顴骨。二表姊始終望向車窗外面，眼睛半開，似睡非睡，沈思著，哀悼著，像為了什麼莊嚴地默禱祈求似的嚴肅表情。

後照鏡裏的我像隻探頭探腦又膽小的小貓咪，只露出一對驚艷遼闊景色的眼睛。在這純然的狂喜之情中，我隱忍地唯唯諾諾地支吾，覺得在以寄人籬下的生活為前提之下還是低調客氣些好，話多會被視為貪婪，話少雖可能會被當啞巴，但不至於被討厭。大表姐來握住我的手，她的掌肉柔軟而溫溼，由於那出乎意料之外的柔軟肌膚使我的眼裏迅速湧滿淚水，沒有女人這麼碰過我，但她沒察覺出一絲異樣，她表情透露出她明白我喜歡這裏，她沒有說破它，大表姊精神朗爽，她旋即陷入睡夢中，我獨自想到我母親並且埋怨她刻薄。二表姊好心地讓我在她沈重的平靜裏繼續堅守著自己那如繁花盛開時的心城。繁花盛開，是的，可不是嗎？此刻，我的心裏春花朵朵開，色彩絢麗的花裙襬微微飄動飛揚，即使是眼前這片抑鬱的天空不時刮起寒冬似的冷風，我終將因念著冬天即將逝去僅有的最後一絲嘆息感到莫大安慰，迎接春天帶來同樣莫大的無拘無束。我沈浸在無限的逍遙和寂靜氣氛中，我不想與任何人交談的陰霾已消散，我保持沈默是因為只願細細咀嚼滿溢的喜悅。然而，與此對照的是，在二表姊的不經易的嘆氣聲旁，這春天卻又格外脆弱易碎，如同一盞不穩固的吊掛的水晶燈。我收攏好裙襬，瑟縮著身體，偶或小心翼翼左顧右盼。我不由得想起稍早在飛機上頭發生的事，關於「dangerous」這個字，心裏也多少對於這趟旅行漸生些不祥的預感。

「去吃好不好？」大表姊懶散地在一旁附和道，旋即，她便替我下了決定，叮嚀三表姊夫把車子轉往休息站。事情總會有轉圜的時候。這個念頭也跟著油然而生；「否極泰來」，我心裏是這麼想，而且，多和二表姊說說話，這比做什麼都來得容易，時間久了機運一到，遲早僵局會打破。

駛進一段不長不短窄窄的深色柏油小路，乍見豆腐白的休息站寬敞的廣場，在沈沈的天氣裏格外的方正，人車稀稀落落，這倒很適合氣定神閒地大塊朵頤一番。只是當我看到菜單及至餐點上桌那刻，我不由得想哀聲嘆氣，原本滿滿的期待現在整個涼死了下來。餐點有各種炸薯條。我坐在椅子上，眼前是一盤帶著暗色薯皮的橘黃薯條，都粗得和二根並攏的手指頭一樣寬，不嚼個幾秒就吞下的話會噎死人。沒有漢堡。寒酸的瘦麵包上夾了一根暗紅的細長、快被烤乾的熱狗；當服務人員把它們交到我手上時，還又對我重覆了餐點，我不斷地點頭回應，心裏疑惑，托盤下的手一度麻木，還不時跟丟了他的話，他確認無誤後把排在後方的食客叫到前面去，我被淹沒在人群裏，再也看不見桌上的菜單。我想各地的薯條都長得不一樣吧。熱巧克力愈喝愈苦甜油膩，我也僅喝了這杯

「熱飲」。看著大表姊們狼吞虎嚥地將食物往肚裏塞，胃也脹了，食不下嚥乾硬微溫的東西；連手上那份熱狗堡也只是咬了幾口，便在稍後趁他們不留意時扔進了垃圾桶。我抬頭望了那幾乎消失在灰濛濛天色裏的霓虹燈管，彎曲成「滋滋」的休息站名字，不屑地冷笑當初建立的人大概主意乏善可陳又缺乏創意到了極點，咒罵起這地方真是爛透了。

在我們待在休息站的那短暫的幾十分鐘間，二表姊也和我一樣也只點了杯熱巧克力。只是她似乎比我還要怕冷，也更易受寒，二表姊不時摩擦身子，捧起熱茶。說實在的，那茶也不甚燙口，然而二表姊就是一點一滴地慢慢吸吮，夾雜著她的咳嗽聲。我想她感冒了，如果沒有感冒的話，她大概也和我一樣不大願意待在這冰涼的空氣裏或寒酸的食物面前太久。二表姊垮著一張臉喝它。我見了心裏高興，直覺得還有些小幸運和她之間有共同的好惡，並且希冀發掘更多，好能夠藉此進一步解除她對我的敵意。我靠近她，心有同感覺得這天氣太陰涼了，我說：「好冷呀。」

二表姊疲弱無光的眼神刹時銳氣凜凜，細聲細氣地笑，細聲細氣的抱怨：「快離開這鬼地方的好。」

這是我第一次聽二表姊開口，我想她還真是不帶任何感情來這世界上；既使她說著挑剔的話，聽起來也不是那口氣，甚至沒有那意思，反而讓我覺得她太習慣使人屈從而隱藏自己內心的情感，就算她厭惡起來也是一副施惠於人要人攆走這鬼天氣似地。二表姊不願再多開金口，我感到尷尬極了，逕自悶悶地走了。

大部份在休息站的時候我後來是隨處走動的，裝出暈車的樣子，表面上藉口去透透氣，而心裏頭卻在異鄉倍增失落，我沒想到二表姊有孤高自賞的傾向，沒想到這裏的休息站竟然要比台灣的還糟。在台灣，還可以喝到熱湯呢（一定有貢丸湯），而在這裏，只有一杯濃淡不均、難喝的巧克力，半熱不冷的。我再度朝廣場走去，這次走得遠，走到廣場中間。天很陰，還沒有完全入秋八月的氣味是略溼的，是涼中帶著微薄的水氣，略冰冷，風很隨性地來去。

我掃視了一下來這裏的客人，然後又走回來，在回來的途中，遠遠地看到坐在座位上的二表姊持續咳個不停，她神情黯淡，臉蛋蒼白無血，身形小了一截；令我訝異，未料之前昂然自信的她一下子竟就變得懨懨不振這般模樣，瘦得像營養不良的小孩，她倚躺在鐵椅子上，抗拒偶來的風息和努力壓抑那些奮力滋長的咳嗽。一看到大表姊在遠處召喚，我便立刻跑回他們身邊，我想大家是要準備上車去了吧。果不其然，大表姊說二表姊人不舒服，她問我吃飽了沒？我高興地回答說吃飽了。三表姊一旁追問我怎麼吃那麼少？我說我暈車，我真的吃不下，她交代我一定要吃飽，因為還有一段時間才會到家，我強作歡笑心裏極為苦澀要她們放心，說：「我有吃。」剩餘的食物在很短的幾秒間就全被吃個精光，他們茶足飯飽後高聲地對天氣品頭論足了一番，我覺得新鮮有趣也加入話題，他們問起我冷不冷？一行人正從椅子上起身時，我回答：「不冷。」我緊緊抱住我鼓起的包包，包包緊壓住我的肚子，蓋住嗚嗚作響的肚子。二表姊費力地咳嗽，我走到她身邊，彎下腰，心疼地吩咐她：「我有多帶一件薄外套，如果您不嫌棄的話，可以穿在身上保暖些。」

這時從二表姊口中出來的是一個小女孩的吼叫，操著嗲裏嗲氣的腔調：「我不要穿！我不要穿！」

二表姊從鐵椅子上猛然一站，椅子倒了，發出很大的聲響，她逃命似地跑開了。我又驚又駭怕，回過神來面對大家卻也只能裝作若無其事的樣子！沒有一個人理會我！所有的人對二表姊的過度反應全不當作一回事，他們看她是像小孩子一樣的無理取鬧。我走在他們後面，對上大表姊的眼光時心裏還真是五味雜陳，食物很糟而且二表姊很古怪，大家又視若無睹，心裏忐忑之餘，那件經過深思熟慮才帶來的外套未能派上用場也令我不暢快，大表姊要是看了那件典雅的黑西裝外套肯定又是一番讚美。除了察覺眼前斜倚在餐廳外牆上休閒打扮的三個成年男人心懷鬼胎的窺視帶來些死灰復燃的契機，任何事任何物都吸引不了我的興趣。我想，二表姊有精神方面的疾病。

「二表姊怪怪的……。」我怯怯地詢問大表姊，大表姊把手指頭往嘴唇上擺，「噓」地一聲，她臉色一沈，我立刻把話吞回肚子裏去。這麼看來所有的一切都是合理的。他們對她的反應那麼冷淡，一定是將這病視為羞恥。只是我一憶起二表姊駭人的臉孔，卻又不敢十足地篤定。

那三個落著鬍子的男人頗有嘲笑的意味交頭接耳，他們對我露出笑嘴，比手劃腳，我暗暗地打量他們，心裏感激，報以溫柔回望，心中喜悅，只差沒走向他們，大表姊忽然轉身過來拉我到她身邊。我又氣又惱，我想掙開她的手，但什麼事也沒做成。在我們完全離開他們之前，我的目光還是停留在他們其中那個對我比較好奇的人身上，他下巴蓄一圈凌亂的鬍子，穿一件淺灰色七分褲和籃球鞋，啊、我不在乎，他鬍子要是長蝨子最好，那他還滿需要一個妻子提醒他刮鬍子這事。我想他打從心裏就對我很有興趣，就像我也想認識他一樣。只是當我再次瞄看他們時，他們都板起了臉孔。我也只能像個小媳婦一樣心裏頭嘀咕又一個美好的機緣溜走，不情願地屈從表姊的催促。我覺得他們會是有趣的人，而且，說不定我還會嫁給他們其中一個，然後就可以過著新生活，也不用回台灣。

車子繼續向前行駛，伴隨電台此刻放送的輕音樂，我往後一靠倚躺車內，獨自欣賞窗外一如先前如史詩般壯麗的美景，依然沒和他們任何一個人交談，車內更是寂靜了，任憑窗外、旋律，以及我的心情迅速地被翻去一遍又一遍。我心裏有一股聲音安慰我這個休息站的不盡人意之處只是個「意外」；就好像有時候會買到脫線的衣服是在所難免的事情。而且那休息站似乎是私人設立的，我也不是沒機會認識其它男孩子。雖然我不知道這是從何而來的慰藉。或許是因為機票對我來說再也不能感動我，而我也已經踩在塊土地上、領略到它簡單美好的幽靜氣質，沿途所見所聞始終持續不斷地打從心底深刻地撼動我……，的確，是不該太雞婆表姊們的家務事，覺得「剪不斷理還亂」，說起來也還真有些吃力不討好。

雲層篩落陽光幾許，兩旁聳立的麥穗在水一樣光潔透明中閃現金色光束之間，只是，漸漸地，這光景不再，四週簇聚了愈來愈密集高大的紫杉，兩旁畫有白線的寬敞公路最後竟完完全全被取而代之成為一片密林，杉影一度還遮蔽了殘存的一絲光線。車子也少了，車子變得愈來愈少，最後我們竟在蠻荒野地上行駛，放眼所及之處，全由碎石、泥土堆、雜草、枯枝和朽幹鋪蓋出，連一部車也沒有了。四週蛙鳴風聲交相爭鳴，眼前是一重又一重的荒僻景色，蓬生的高木，蔓生的紅花，還有迴盪在樹林與樹林交錯間悽苦的細碎聲響。車速這時候已經比幾秒鐘前慢了許多，我們滑行在愈來愈緊密直到陽光彷彿被撕裂的紅楓樹葉之間。與其說是我們不知不覺駛進一座森林裏，倒不如說是不知不覺中，森林已經主動藉由它的野草土丘包圍住我們。這突如其來的變遷使我們驚訝地連說話的聲音都抖顫，字也說得不清楚。

前方再也沒有路了，車子停止後我們依序走出，寧靜安謐的空氣籠罩周圍，在遼闊又深邃樹木環合的小路盡頭，這裏的空氣更加潮溼、冰冷、濃重和陳腐，帶著一陣陣新鮮又刺鼻的土味和草葉特有的清新和瘴氣腥燥，刺激我們對大自然陳封已久的敬畏和顫悚。我在發抖，樹葉不時在半空中像蚯蚓一樣地蠕動得更劇烈。夜即將來臨，金碧輝煌的空間逐步被黑暗收攏，時間一點一滴地過去，我們除了幾度面面相覷又一籌莫展之外，就是黯然佇立其間，迷失在靜謐的景色裏。遠方幾縷灰藍色的炊煙冉冉上升，那煙似乎是燒了歌聲鼓聲來的，嗡嗡咚咚地聽起來如幻似真，橘黃色的黃昏裏懸掛幾隻黑色的歸鳥，是閃現冷銀眼神的烏鴉，牠們嘎嘎叫，聲音嘶啞，在我們頭上盤旋不去；一想到烏鴉是吃屍肉的，再想到附近一定有死人，遠方正替死者唱頌祝禱的歌，又想到我們可能永久困在荒郊野地中，我的手臂就不由自主地爬滿了密集的雞皮疙瘩。

活生生地被烏鴉啄食到死一定很痛。

二表姊忽然尖叫了起來，要不是她姊姊及時阻止，她一定會跑進漆黑的森林裏去；到時可是麻煩又費事的了。大表姊捉住她之後，三表姊和三表姊夫也每人各二隻手拉扯二表姊，我聽從他們的指示打開後車門，在二表姊叫嚷「他來了！他來了！我在這裏呀！」聲中，瘦小的二表姊很快地被塞進車內，她在車子裏頭像隻受了驚嚇的小老鼠有洞亂鑽，門外有人頂住車門。

我想大表姊他們也都聽到我所聽到的，路的那端響著愈來愈清晰的馬蹄，結實地、厚重地，像根結實的錘子打在鐵板上似地踩踏在焦黃的泥土小徑上，要比此時遠方悠悠盪來的鐘響更清脆響亮。

「上車！」催促聲不絕於耳。我看傻了；或是該說，我著迷渴望電影上那些式樣別致、鏤刻華麗雕縷的馬車，或者是說，在不確定是否危險的情況下，我該自己上前探個究竟，一睹為快。

「梅呀，上車了！快！」我聽到有人呼喊我的名字，本能地轉頭過去看，大表姊正神色緊張地雙手誇張地亂揮一通，好像在岸上招呼遠洋歸來的旅人時才會做的動作，而我不過在她的三步之外而已。我看了她一眼，拉起長裙，腳板蹬了一下，將大驚小呼的一干人等全拋在腦後，他們的叫聲戛然而止，我拔腿狂奔奔向馬車了起來。後來跑不動，脫下高跟鞋小歇了一下，然後慢慢心懷恐懼地走了一段路來到馬車前。

「你在等我嗎？」我懷疑。車伕的眼睛在微光中如火炬般閃閃發光，他咧嘴一笑，黃白色的牙齒上黑影幢幢，他的手碰了一下帽緣以示敬意，久久不回答，我真恨我手中沒有鞭好可以好好抽一下這個無禮的下人。

他不說話，我們僵持了一陣子。「您能送我一程嗎？」我態度改變了，我刻意稱呼這先生「您」，但車伕還是沈默，我想他啞了，這可憐的人，我開始同情他，態度更是軟化，我忙著在口袋裏搜掏任何值錢的東西，好拿來討他歡心。我在口袋裏找到一枚銅板和碎鑽鈕扣；其實也不是真的鑽石啦，可能是由壓克力那類材質製成的堅硬塑膠物。車伕收下它們，馬車「嘎啦—嘎啦—」響，門自動彈開了。我率性吩咐他：「去哪裏都行。」下一秒覺得在荒郊野外這真是個很爛又不切實際的主意，我是很想遠走高飛，但該是在手邊有一大包行李的狀況下，我急忙補充道：「先離開這裏，到最近的旅館。」

馬車追上了三姊夫的驕車，一度並肩競速，最後他們加足馬力揚長而去，我躲在裏頭偷看他們，一看到他們我就想起「人口販賣」這事，但為時已晚，我後悔我做了怎樣愚蠢的行為！就在這個時候，一隻手輕拍打我的背，力道和感覺上似乎是隻女孩子的手，黑暗中我看不到她的模樣。

「我應該不會被賣掉吧？」我質問她。我感到她也正在注視我，車廂裏有無數隻的眼睛也正在凝望我，有股力量正汩汩流動。我伸手朝前方胡亂地亂抓一通，我抓到她的衣服，那是件柔軟滑溜而且有許多裝飾的衣服，我羞愧地縮回來，為我的幻覺而導致的魯莽行為向她道歉，我坐得端端正正的，把手安妥地擱放在大腿上的時候，既滿足又愉悅，十分神清氣爽，我想我的好日子要來了。車子最後停在沼澤旁，車門再度自動打開，我的目的地似乎不是華麗的城堡，真是遺憾極了。無法得知這家旅遊公司也真是件可惜的事，不然我就可以約表姊們來玩。車門一開，我還沒伸出腳就先看到二表姊，她似乎等了一段時間，她看起來又安祥又煩悶急躁，我想是因為她多少有些等得不耐煩的緣故。她走來攙扶我下車，溫柔地牽我到沼澤旁，我很怕眼前神祕的二表姊會突發奇想把我推下去讓睡醒的鱷魚飽餐一頓。但這種顧慮是過多的，畢竟她是我二表姊，古怪之餘還是抵不過血親之情，她撫慰我說她會陪我游過沼澤。

「啊？」我驚恐極了，我根本就不會游泳，就算裏頭沒有鱷魚，我最後還是會變成一具屍體。然而，我竟然同時間和她一起躍進沼澤裏，它就這麼發生了，我至今還很難明白到底是出於我潛藏深處的膽識還是大而無畏的盲目？水裏很純淨，水像從水龍頭口流出來的自來水，我可以在水裏呼吸，水流推送著，我們也不需要太費力氣去划動四肢。二表姊在前頭指引著我，水底是灰白色漂亮的細沙，一覽無遺，我愈往下潛去時二表姊拉住我，示意我游得太靠近會有危險。

我們先後通過一段狹長又窄得讓我快窒息的水道，出了水道，一片百花盛開的景象躍現眼前，圍繞站在小池塘中的我們是座美麗的花園，僅管只能在月光下推敲它非凡的規模，但我相信當白天到來時一褪去神祕的面紗，便是嘆為觀止的真面目。二表姊好像來過這裏不下百次，我覺得她愈走愈胖，頭髮也愈來愈短，她毫不加思索地在前頭引路，我在後頭看見她蒼白的小腿肚呈現銀色的光澤不時從長衫裏露了出來。西珂芬娜小姐和一個叫做「芳單」的男子來了，優雅的西珂芬娜小姐話說得輕輕柔柔的，她自我介紹是城堡的女主人，頭上不時有髮飾在黃色的窗前發七彩的光，她的五官驚嚇著我。那張臉，就是在機場、在休息站時二表姊發瘋時出現的眾多臉中的其中一張臉。

所有的人的焦點都在說話的西珂芬娜小姐身上，他們像研究一根彎曲的釘子一樣地注視她，沒有人理會修道院牆上發出哀嚎，我向後退了幾步，西珂芬娜小姐笑意盈盈，她向我行了一個恭敬又友善的屈膝禮，西珂芬娜小姐身後城堡的大門半開著，一個乾瘦的小女孩憂鬱地站在那裏，小女孩的眼窩下陷而使得她的兩頰十分浮腫，青色的筋絡滿佈，那是個很古老的老太婆站在那裏。

我疑惑地看著二表姊，她的模樣、打扮和率性的建議與她大姊如出一轍，她說話的口氣令我想起大表姊：「去吧。」

我掙扎，破敗的城堡陰氣森森令人避而遠之，我下定決心了，我捉起二表姊的手，在黑暗中拉著她快步往回走，他們沒有跟上來，我們的步伐就慢了下來。狹窄不規則的街道緊接一條小徑，沿路兩邊的松柏葉子都掉光了，只留有光禿禿的枝椏，路燈明滅。

「我該怎麼回去？」

二表姊眼神茫然，我對她尖叫：「我要離開這裏，我要回家！妳也該回去！」二表姊緩緩指出了一個方向。我牽著二表姊往那方向前前去，出了密林，我們開始沿著一條小溪走著，夜晚所有的光源在河面上波動，所有的星星和月亮也在河面上搖晃，小溪的盡頭是花園的水池，我們又回到初來時的路。我們躍進池塘，不，是沼澤，裏頭又汙濁又可怕，牙尖的鰻魚張大嘴巴追著我們，鱷魚也跳下水來，我死命地拖著身體在泥中前進，我聽到有人高聲呼喊我的名字。

「梅呀，上車了！快！」

我在森林裏。我聽從大表姊的呼喊，迅速地鑽進車廂內。車廂裏頭真是一團亂，被推進來的二表姊始終沒有安靜的一刻，更別說是有乖乖坐好的時候。我全身溼透了，而且一身子的泥巴；二表姊變回時髦有型的樣子，她痴笑著，她的衣服還是乾的。

當車子發動、倒車剎那，要不是我遵從大表姊指示，每人各抓一邊，三表姊夫的臉上早就印滿她的齒痕，血流如柱；我想三表姊夫的臉也會被咬下一塊肉吧。總之，當她明白在三表姊夫和所有人（除了我）無言的共識及默許抵抗她的錯亂，及盡最大的努力急欲逃離這個蠻荒之地和十足不確定的未來之後，她的瘋狂更變本加厲。嗓子啞了，就發出各式各樣非人的聲音。我還真是頭一次聽到這樣淒厲的尖叫；一個漂亮的人，怎麼會長出嚇死人的嗓門!?也幸好二表姊瘦身有成，不然我們真壓制不住。

夜像漲潮一樣，很快地蓋過大地，車子大燈如同閃電一般的速度橫衝直撞，憑藉引擎的蠻力，努力撥開這個黑暗世界。在此之前，我們原本就在筆直的高速道路上，也因此三表姊夫毫無忌憚加足馬力，在一陣顛簸和尖銳的刮擦聲後，我們才由瘋狂漸漸回復一點理性和知覺，但那還不夠使我們用來區別判斷和反應。車子始終沒有停下來，直到穿過黑夜的盡頭——它像一張薄紙，被戳破了——日光於是傾洩，重重地打在我的眼睛上，我感到眉尖著實地疼痛，耳際回盪催人發狂高亢的喇叭聲，我的脖子遭受猛烈衝擊而麻刺，駕駛座和副駕駛座的安全氣囊爆開了，我撐起身子時正看見一群人往我們這裏走來。

遠方的太陽躲在濃得化不開的灰雲後面，三表姊夫的轎車跑到逆車道上，迎面撞凹一部中古白色小車車頭，白色小車的車主卡在車裏動彈不得，人群漸漸圍到他身旁，七嘴八舌的，他們當中一個人的手穿過窗戶伸進來把車熄了，才結束那不間斷地散佈三表姊夫罪狀還變音的喇叭聲。我想我們沒有一個人不驚慌的。我的右手騰出了個令人毛骨悚然的空間，二表姊不見了。

大表姊還昏昏暈暈的，我和她說二表姊不見了，她馬上醒過來，我們趕緊四處張望，麥田被風吹得高高低低，既沒有人影也沒有任何人跡破壞過的樣子，我們向人群望去，沒有一個人背向我們遠去。而他們面目可憎，在警察來之前，我們真是被一群飢餓的野生動物包圍，我們無從找到親人的蹤跡。看不見那群野獸拉扯我們的親人以作為補償，這使得我們更驚恐他們會將報復施在我們身上。

幾分鐘之後，警察來了；還是剛才在機場門口維持秩序的人，他令我印象深刻，他就是和我都親見二表姊當時拿鏡子反射陽光打在躺在地上的男人身上的警察。他叫賈斯汀。玫紅的薄嘴唇點綴一身偏白的黃皮膚，深褐色的頭髮下是東方婉雅的臉蛋，身材修長結實，眼窩長而不狹，藏有國中男生青澀的性情。他走過來了，說話聲音宏亮：「請出示您的証件。」

三表姊夫回復意識，先是楞了一下，也許是他全身肌肉和我的一樣還無法從強烈的撞擊力道中完全放鬆，他動作緩慢而且十分艱辛地，就在這個時候，賈斯汀要我們全部的人都下車。大表姊一關上車門後，便立即奔向賈斯汀，發了瘋似地向他訴苦說：「我妹妹不見了，她剛還坐我旁邊，可是她不見了。」賈斯汀一面安慰大表姊，他聽她講述，他倒抽了一口氣，看起來似乎很是詫異，滿臉盡是疑惑，神情專注愀然。我跑到大表姊身邊想，這也難怪，如果聽見有人講這種只存在鬼故事中乘客會莫名奇妙地消失的情節，沒臉色轉白暈過去就該頒枚英勇勳章了。反倒是我一副溺死鬼投胎的模樣引起他的注意，我還真欽佩他幾乎要將整件事聽完並且希望他明白我們真遇上了怪事。賈斯汀招來另一個警察，這後來的警察就一邊記筆記，一邊眉頭深鎖地傾耳靜聽。我自然非常希望賈斯汀相信大表姊所言不假，為了引起他回想起稍早二表姊怪異的行為，所以那時也刻意走到三表姊夫身邊，直直盯他的一舉一動。他是看了我一眼，但反應卻出乎意料之外的冷淡。他的冷淡激怒我，我相當生氣，這個警察根本不重視百姓的生命安危，他還或許會做個順水人情參與一手遮天的計謀。

我又再次走到大表姊身邊，想確定這個正在做記錄的警察是否虛情假意。那個警察停停寫寫，筆記本只有手掌大小，因此翻了一頁又寫了一頁，大表姊說著說著，最後也擦起淚水來了。我先開始試圖對這警察強調整件事的真實性，大表姊她只能伸出手來搭在我的臂膀上，她太悲傷了，沒有餘力阻止我說話。我的反抗及強烈想要和外國人說話的慾望這時如野馬脫繮，違背大表姊的命令不待此時，何時才會有名正言順地時候？我不理會大表姐的制止，我甚至還說，如果有需要，我隨時都可以到警局去。

「妳怎麼這副模樣？」

我扒掉身上乾了的變硬的泥塊，我強調：「我們遇上怪事，我遇到更怪的事，還有我大表姊說的那些怪事，你們一定要相信這是真的！」我愈說愈激動。

「別擔心……。」那警察信任我，他凝視我的眼神很溫暖，除去我心裏不少疑懼，也填滿和滿足我心裏那塊塊被挖掘去的窟窿。我摩娑大表姊肥厚的手臂，有一種做對事情的驕傲，那警察安慰我們直到察覺大表姊不但心情悲傷、眼神裏還多了埋怨責怪為止。接著我們就這樣緩緩地依照那警察的指示，坐上警車。在回家前大表姊，三表姊和我會先被載去醫院做詳細的檢查，然後才被送回家去，只有三表姊夫得去警局。即使三表姊臨走前在三表姊夫耳邊叮嚀，衷心盼望他不要擔心，所有的經過大表姊都和警方說了，三表姊夫在警車裏仍然顯得相當憔悴鬱悶，他從大腿上拿開的白毛巾上沾了一片血。的確，我們都真的很疲累，由於車禍帶來肉體上的傷害，遭遇了怪事摧毀我們平常的生活和心靈，二表姊的消失還會成為今天之後可怕的後遺症。我心虛地將頭靠在大表姊肩上，乞求她的憐愛，安慰她，但是她看也沒看我一眼，一動也不動地。

第四章　我妹妹雪倫

賈斯汀的敘述

（英國警察）

我很少不夢見我妹妹，我常夢見她被鎖在一個鐵櫃裏，她在裏頭敲得震天作響，試圖引起我的注意好將她從鐵櫃子裏放出來。

「放我出去！放我出去！」我妹妹總是在我的夢裏喊叫這句話。

夢中的我徘迴在夜裏燈熄的辦公室中，我在黑暗裏摸索過無數個轉角，憑著觸覺前進，卻始終無法接近那鎖著她的鐵櫃子。最後，潛意識對這個夢下了結局，那就是，由於我始終找不到她，所以她慢慢地餓死在裏頭；我常常在清晨，在鬧鐘響前就從掙扎中醒來。我移開我妻子安妮熟睡的手掌，手掌不健康的色澤溫度也異常的低，枕頭上油膩的髮油味乾了之後就是汗味，在我起身要按掉鬧鐘的響鈴的時候，一輕觸到她的身體剎那在她翻身之後惡臭就更濃烈，我揉了揉鼻頭，捉來掛在床頭櫃上的袖子擦乾鼻涕。

在我妹妹雪倫失蹤後的這一個月以來，我幾乎都做這個夢，過去甚至還是我太太把我從可怕的惡夢中搖醒才中止她形容是「一串惹人頭皮發麻的呻吟」。我扔掉袖子，安妮背對我問：「你又醒來了？」

「呃……，是的……還是那個夢。」我躺回床上，我搔了搔大腿，床罩令我發癢刺痛。

「把百葉窗拉上吧，去客房睡吧，去客房睡去。」她說，她的身子還是埋在被單之中，她開始哭泣。我聽從她的話往客房走去，關上門後又覺得忘了什麼，我再次進到臥房來到床邊，我跪在她面前情不自禁問她我都說了什麼？他們說做惡夢也是創傷後的一種後遺症；用來安慰自己，一種彌補心理。

「呵呵，」她哽咽道，她總有使別人感到安適的魅力，張大她那翠綠小巧的眼珠子，溫柔地說：「什麼都沒說，只是嗚嗚啦啦地亂喊一堆。」

「就是……『雪倫』這個名字聽來最清楚。」話鋒一轉，她也沒了好臉色。

她閃避我的目光時總會噘著嘴角，表情很輕蔑，我委屈地哀求她：「她是我妹妹，我總是要照顧她。」她評判我為她做得太多，她一臉迷茫，還說我從來沒有將她交代過的事情放在心上，更不關心她。我明白她根本不在意我對雪倫的關心，她打從心裏就只是拿這件事當作藉口，冀圖在每一次爭執時我都能表現出對她無止盡的慷慨，從我身上予取予求証明自己價值的任何東西。

「妳會好起來。」我遞了盒面紙給她，見到她笑顏逐開我便去拉緊窗簾，然後起身前往客房去。我一進到客房後立刻反鎖房門，謹慎地從床下拖出一只登機箱，登機箱裏頭是雪倫失蹤前留下的東西，有她的包包和鏡子，當然還有包包裏頭的一切，有粉餅、梳子、手機、皮包和幾枚髮夾，全是些稀鬆平常女孩子的東西，除了那鏡子之外。我拿起鏡子把玩，苦思多日來相同的夢境究竟有何含意。我聯想到小時候我們很愛玩捉迷藏，我妹妹雪倫，就曾經跑進毗鄰在會客室後方的孤兒院院長的寢室裏頭，躲在衣櫥裏。那時我們的母親已死了，我們在孤兒院裏頭是從來不鬧事的小孩，因此很討大人們的歡心，但也引來同儕們的嫉妒及因不安導致的攻擊；當衝突發生時，我都無心還手，也常常能夠得到原諒或較輕的處罰。後來我們學聰明了，雪倫學會放聲大哭，我搶先他們一步通風報信，有時候因此還可以免於被懲罰的命運，也有糖可吃。我最初沒有還手的原因，我想大概是遺傳及深受自我那凡事隱忍我父親、十分以和為貴的母親的性子和教育吧。

我們一直都屬於我母親。當我父親明白我的手腕其實是在學校為了抵抗同學的拳頭而瘀青，他聽到這事後認為我該還手，但我太驚恐了，在我父親面前語無論次，他粗暴地按疼我的肩頭，然後扭擰我的耳朵，將我拖到我母親面前理論一番，他抗議她的教育，說她荼毒我的思想，像個巫婆一樣對我施咒，好使我無法過男子漢的正常生活，他說他可以預見我長大後會儒弱地得像個童話裏被關進塔裏的公主，他受不了！她覺得他的話毫無根據，還舉了一大堆例子並且提到她的一個朋友，那個我要喚作伊莎貝阿姨的朋友，他仍舊咆哮說總有一天我連個同志也不是，遲早不男不女，他砸爛了客廳裏所有的瓶罐，後來伊莎貝阿姨來載走我失望的父親，我母親在角落發抖，我們再也沒見過他，伊莎貝阿姨也漸漸不來我家看我母親。

我是狠狠地揍了那群孩子中的一個人一拳，我太生氣了，他昏了過去，我以為他死了，我希望他永遠躺著，上前探看時另一個小孩拿石頭丟我，我額頭上的疤痕就是這麼來的。我父親離家後的某一個清晨，我終於明白他再也不會回來，我變得失落極了。我母親一進來我房間，我便滿心愧疚地和她說出當天的事：「我不知道它是怎麼發生的……他躺在地上一動也不動，所有的人就散了，他們嚷叫我打死人！我也受傷了！」我露出額頭上的傷疤。

「後來根本就不是那麼一回事，不是那麼一回事。」我被欺騙了，我哭說：「我沒有殺人，但我真應該殺了他……。」

被我摺倒的男孩子隔天還是精神奕奕地來學校，頭上包了塊大紗布，日子久了每節下課就刻意從我身旁走過鬼叫，不過他們都不曉得我曾打趴他的手在我父親走後只要一握緊拳頭就開始發抖，我不迴避那些要欺負我的孩子，有時候為了碰見他們我還刻意繞路和他們碰面，只要碰上他們，我便握緊那雙沒用的拳頭，知道他們會被我嚇跑之後，我就更常那麼做，我安然又乏味地渡過在學校剩餘的時間；要是能夠打倒他們其中一個人也會使我舒坦，但這情形卻從來沒有發生過。我母親費時地把我從床上抱到客廳，我那時早已經會自己穿鞋子，他將我放在椅子上，拉住我的腳並將它塞進襪子裏，再把鞋子套上來，塞在裏頭糾結成塊的襪子壓痛我的腳趾，我一面踢著想把鞋子甩開，一面擔心我母親的回覆和她聽到這事後的反應，我想她也會離開我們。

「沒關係，我知道。」她安慰我，我告訴她鞋子太小，襪子弄得我的腳很不舒服，她仍舊態度優雅地將雪倫託付給我，在老練地將她一頭蓬散的亂髮紮好後，別上了一隻亮紫的蝴蝶髮夾，她輕拍我的肩膀，蹲下來多次撫摸我的臉龐，接著打了我一巴掌，我便不再哭泣。我們四目交接許久，久到我牢記住她濃烈的口紅味而鼻子敏感疼痛，不只是她的手指頭，她徹徹底底是一個很單薄的女人，她的眼窩出奇地大，臉出奇地蒼瘦。

「我一直都知道。」她說，給了我一個苦笑，一面輕聲哼唱搖籃曲一面走進在外頭等待的計程車，我們能說的話變少了，我們不再說話，我和雪倫常常在一起。我母親那時已經神智不清了，我到現在都不知道那個假日早上她在笑什麼？她後來死在一間旅館裏，白色的百合花薰香她姣好的容貌和又瘦了十公斤的肉體；在她的葬禮上我和我妹妹一塊瞪著牧師和院長，我們被安排到孤兒院裏渡過我們的童年，直到我們能獨立自主為止，我們兩人一直相依為命。

我雖然在院長的衣櫥裏找到雪倫，但也被院長發現我們闖進他的房間裏頭；他沒有責怪我們，反倒是在我們面前提醒自己下次會將門鎖好，要我們別再往這地方跑，建議我們到更空闊的地方玩耍。那年我十五歲，她六歲。

我躺在床上，將鏡子放在枕頭下面，客房的門鎖被轉開了，開門的是安妮，她把鑰匙收進上衣口袋裏。她一進來就撲倒在我身上，幾乎折斷我的肘骨，我不想讓雪倫又變成我和安妮間另一個爭論的原因，我將她壓在下面，在她清澈又失魂落魄的瞳孔裏，我看到自己相當徬徨和心神不寧的模樣，也許是她準確無誤地回應了我的夢的緣故，我不該主動問會讓她聯想到雪倫的任何事情，雖然我總想了解她的看法，但當它從她的口中說出來後，就會變成生活中我該時時謹慎提防爆炸的炸彈。她親吻我，我把臉轉過去，發出呵呵虛假的笑聲，我還沒準備好，下一秒她轉過來直視我，把唇也湊近來緊貼住我的，之後我們深切地吻著沒有再放開彼此過。我希望她就像忘了其它事一樣很快地忘了它。

雪倫在我婚後繼續住在我們兄妹倆之前共同生活的老舊公寓裏頭，她就是在那兒消失的。憑空地消失，很奇怪，不是嗎？

安妮在我臂下歪著頭，滿滿疑惑地注視我，她又問我在想什麼時，我還是找不出其它的話回應。她挺起豐滿腫漲的乳房試探我時，我不由得冷哆，反胃要嘔吐，我匆忙跳離她身體，跑進浴室，聽到她在床上翻起身來溫柔地詢問我的狀況，還說要起床替我準備胃藥。

「哦，好的，」我背對往廚房走去的她，提醒說：「咖啡不加糖，謝謝。」

每天早上，如果安妮身體狀況不錯的話，她會盡責地扮演好妻子的角色為我準備早餐。我一邊用力刷牙一邊注視浴室牆面上的馬賽克拼圖，房子重新裝潢時她獨力完成這些巧思，不只有浴室，在屋內很多明顯的地方都可以看見她的傑作。我無意識地伸手去刮掉沾黏在上頭的水漬，每當陰天時，這些米黃色的水漬就特別顯而易見，其它地方也是這樣。她的小腿踩過地毯的聲音忽然喚起我些許深刻的婚前往事，只有一些斷簡殘篇，我想不起來曾對那些日子特別有過激情及感想，想不起來我們以前的樣子，只覺得這一切都很快樂，快樂的程度也很模糊。我想得出神，我的手指頭被過熱的自來水燙到，我「噢」地叫出聲音。「怎麼了？」安妮問。這女人也太神經了，連這樣小又隱密的事她都留意到。

聽說我父親很愛我母親，但那是結婚之前的事，結婚之後我想他還是愛她，否則他早該一聲不響地跟伊莎貝走。這樣想著，鏡中我那對深褐色的瞳孔就變得深不可測又邪惡了許多，不再是給人含蓄溫順的感覺，厭惡起額頭上像幾世紀前妓女臉上烙印的疤痕，罪的印記；我父親遺留給我的寬下巴讓我看起來顯得呆鈍，平常我也只滿意我嘴唇以上的曲線和輪廓，我想這也許是我只能被認為很相似，卻當不成另一個基奴李維的主要原因。聽說我母親從婚前就一口一口吃掉她丈夫的生活、肉體和精神，在婚後她對這些都看膩了，她開始吃他的錢，不動聲色地。他們說我母親是個很聰明狡猾的女人，她喜愛安排事情。她看到他的錢，「咻」一下，他的錢還是握在他手裏，只是再也不屬於他的了；再「咻」一下，他死了，錢也沒了，但之後我母親的錢也沒了，也許只有她週遭的親友們能明白她漸漸少去生活上的東西的始末，丈夫，工作，我們，生命，她在死前就都少了。

「妳今天不會又打掃房間了吧？」我取悅她說，我看了一下時鐘，看她還是成就感如昔日地坐在餐點前時時有種新穎的感覺，彷彿昨天一樣的旺盛精力卻又和昨天的她有一點幽渺的差別，我不大能指出每天早晨她妖魅所在，但足夠我樂意對眼前這個女人付出我由衷的傾慕，我笑了一下，坐在她面前吃喝起來，豐嫩的棕色捲髮每次都被她撥落在母性花苞般飽滿的胸口前。

「明天吧……我還以為你不再愛我了。」

「怎麼會呢？妳這膽小的巨人……」我將一份三明治挪到她面前，說：「妳也吃，妳應該吃的。」

「膽小的巨人！膽小的巨人！我以前不是這個樣子的……，不，我不吃。」安妮離開座位，她背向我去拿掉黏在冰箱上的磁鐵，一個一個，愈拿愈急，那些字條和照片爭相嘩啦啦地落到地上，她發洩她的情緒，她的拳頭裏全是那些磁鐵，我看見她的力道就明白她的憤怒，我上前抱住她，巧妙地不碰觸她敏感的下腹而也能愉悅她，她轉身過來擁住我，我對報童揮手，要他扔了報紙後識相地走開，我們做了今晨第二個擁吻。

「別再說我不愛妳，安妮，那很傷人。不要再說這種話。」

「能夠的話，明天打掃也行。」我去收拾地上的照片和字條，將它們交到她手中，在親吻她的手背之後，離上班不偏不倚還有半個小時。我和安妮說要先去運動，免得她想太多，我在上班前會先到雪倫住的公寓去一趟。我曾有一陣子認真思考過安妮所持的觀點，總認為自從我結婚後，由於太專注於婚後兩人的生活，而且由於安妮對我的愛太過強烈得容不下雪倫，導致雪倫適應不良很單純的離家出走。

我記得，當時前去處理這件意外的警察們說他們還看到她躺在地上，除了體溫正常外既沒有呼吸也沒有心跳；雪倫在他們低頭處理例行步驟那短短的幾秒之間失蹤。

我一直不大想說「失蹤」，我很難過地說，雪倫消失了。

在光天化日下，在門口站著二個警察的一扇窄門前，而且沒有人闖進來的情況下。躺在地上的雪倫自動地消失了；到底她是像晨霧一樣地消散了？還是被什麼強大神奇的力量從幽閉的時空裏抽離了？至今沒有人知道真相。公寓離這兒很近，步行五分鐘的路程。我把車停在對街棒球場旁，過馬路前習慣性地瞄了一下三樓半開的窗戶，過去我總可以依此推測雪倫的作息。她外出時留有很糟糕地把窗留下一道狹小的縫隙的壞習慣，她認為沒有人會注意到三樓的情況，這一個月以來她漸漸對於密閉空間有相當偏執的厭惡。我後來在窗外加裝了鐵窗，她氣急了，但工人還來不及過來拆除前她就消失了。

窗玻璃佈滿厚厚的塵埃，鵝黃色的窗簾從室內被風扯到戶外，窗簾顏色要比實際上來得均淡。我一想起雪倫失蹤前醉心純樸的大自然的模樣，一個天真爛漫的女孩子就不聲不響地從這個美好的世界被隔絕了，我心裏哀痛。這些日子以來，我全然沒有留意到窗戶已經關了幾次又開了幾次。幾個趕著上班的住戶與我不期而遇，王先生和荷莉也正好下樓，他們過去是我們的好鄰居，現在仍會和善地向我點頭打招呼，只是自從發生事情以來，原本話不多的人就變得更令人感到陌生，他們更加默默地、賣力拼命地工作，就像我身後球場上的那些小孩子一樣，又活潑又神祕，好像隔了道厚厚的玻璃觀察你似的。他們的神情透露事實上他們知道不少事情，或許還比我知道得多，但我相信都是一些旁門走道的消息；例如，曾有一個男孩子在樓梯口告訴他的女朋友，我還記得他是這麼說：「住在我家隔壁的那個女孩子和包養她的富商私奔，兩個人還串通收買警察……。」

「你怎麼知道？」

「我曾見過那個富商與他的情婦送給她許多錢。」

像這類胡扯的事，他描述情婦和據說誘拐雪倫的富商長相聽起來倒像是從家喻戶曉的小說中才會讀到的情節。我想他們刻意和我保持距離的原因，大概是他們明白，在這件事上，比起我所能做的，他們也只能夠付出些微弱的同情，不再能夠再像以前一樣將雪倫帶回到自己家裏，暫時安置在僅有的狹小昏暗的客廳內，也不好意思在有限的能力下無法為我多分擔些什麼。而刻意的冷漠和對他們的一時片刻的誤解，或許能夠斬斷一點彼此往後會頓悟何必當初的悔恨，我們都企圖減少不良影響。真是件令人不舒服卻也無可奈何的事。我輕聲打開公寓大門，小心翼翼地關上，穩健地登上樓梯穿越窒熱溼暗的樓梯間，樓梯間的落地窗外是濃密的灰白雲朵，我想今天也許會下雨。房門已經早在不知何時被雪倫從銀白色的鋁門換成油綠的木板門，為此我還特地在與門把齊高的牆上釘了一個相稱的土耳斯藍雕白浪陶瓷小燈，但雪倫拔了燈泡，貼了幾片紙黏土，它搖身變成一朵小花造型的淺碟，用來栽種如今缺乏照料只留幾片萎黃的馬鈴薯葉。她以前從來沒有在綠色植物前停下腳步細心研究過，更別說去種植任何東西。她對這件事的回應也頗令我詑異。

「我喜歡。」她輕蔑地說；一下子就踢走我的疑懼，還讓我的自尊有點受創。

雪倫的口氣讓我想到有些阻街女郎到了警局就是擺明要挑釁，處處激怒人為樂，無時無刻從嘴裏吐出近似怒吼的輕佻口吻。除此之外，她沒有再和我多說什麼。

一次又一次追問不到答案，我忽然警覺這個過去常依偎在我身邊又幾乎形影不離的小女孩，開始偷偷摸摸從生活裏收集她的材料，好用來建造她的堡壘；再過不久她需要一個男朋友或是丈夫的協助好使她的美夢成真。我戲謔地嘲笑她，她回瞪我一眼，凌厲地，我從沒在她臉上見過那樣深刻的感情。我在和她最後一次共餐時突然領悟到她的這種急遽的轉變，也許過去她同我母親一樣善於隱忍、偽裝，機敏地使詐瞞騙我，我想她一定在某時某地有了深刻的體驗而修正增加她的堅強和自信，我想她要使我看見她獨當一面的自主，也許結果不甚有說服力，但卻是一個成長的獨立宣言。

「好吧，隨便你。」我能了解，毅然中止對她的懷疑。

一個星期後，我在高速道路上執勤時，接到同事詹姆斯的訊息，他說我妹妹雪倫出了意外。他們正在現場。

「她有什麼特別的病史嗎？」

「比較容易感冒，怎麼了？」

「她倒在地上，沒有呼吸……等一下……，」電話那頭傳來詹姆士和另一個警察的討論聲，接著，談話中斷了，取而代之的是一陣恐怖的死寂。

「喂……，有人嗎？」我焦急地問。

「她不見了，雪倫不見了，她剛還躺在……我的腳邊。」

「她消失了。」當詹姆士情緒鎮定了許多了，這是他下的結論。

關於這件鬼話連篇的報告備份就放在我的抽屜裏頭：

「早上十一點十一分，我接到榆樹街一四五六號三樓王太太的求救電話。王太太，三十八歲。據她的描述，當時她正帶著她八歲的兒子要到速食餐廳用餐，她一打開門就看見雪倫•吳•奈特森倒臥在半掩的門後方，二、三個人影來來回回走著，她確定其中一個是個紮著高髻的女人。王太太和她兒子退回房內後立即打電話報警……。」

我麻木地將窗簾拉開，關上玻璃窗，再將窗簾拉回去；我期盼每進來一次就能夠再發現新事証，我忠心的期盼在這份自白及詹姆斯所見之間存在的矛盾能夠有水落石出的時候，到時雪倫大概也能夠回來和我團圓。

詹姆斯還說：「看起來像是心臟病發而陷入昏迷的狀況。」

這個房間的陳設始終沒有改變過，這些日子以來，由於王太太所說過的人影，只要我一到這裏，靈感來了便開始四處搜尋；犯罪者大多會重返犯罪現場，他們如果來過，一定會留下蛛絲馬跡。從事發至今既沒多出一根毛髮也沒發現一塊皮屑。比較起來，我曾做過最有意義又實際的事情也就是把雪倫包包裏頭散落一地的物品收拾好，將它們收藏在客房床下的登機箱中。我走到這房間的中央來到一面穿衣鏡前，也就是當初雪倫倒下的地方：為了保持它的清潔，鏡子已經被我用亞麻布蓋了起來，它看起來像是一個糾纏的鬼魂，我拉下那個令人驚心動魄的亞麻布，鏡子裏頭立刻映照出我小腿以上的部份。透過鏡子，我的面容在光滑的鏡子表面生動地讓鬱悶的房間立刻呼吸起來了，是微弱地，薄薄的生的氣息。

一雙纖手從後面摟抱住我的腰部，由那胸部的大小我推測到艾蜜莉亞，我轉身往後看時四下無人，冰冷的氣體由近處輕柔地吹進我耳朵中，艾蜜莉亞摟抱我，還不停瘋狂地戲謔我。

「小聲一點……，別玩了，這一點也不有趣。」我讓她的手繼續放在我的腰上，她說她喜歡我的腰，喜歡到她也許有天會趁我睡著時把我肢解。我把門關上。艾蜜莉亞在社區大學的課程中教人用襪子做各式各樣布偶，也是安妮的老師，她就住在同層樓樓梯旁的房間。

「我從腳步聲猜到是你，親愛的，我回來了……，」她將她長長的辮子咬在嘴裏，然後用那沾了艷麗的口紅香氣的頭髮逗弄我一番，我情趣高漲。她跳到我身上，她驚恐了起來，開始喃喃自語：「我回來了，我回來了，但我下週還要見到那個女人，哎、我好害怕安妮。安妮嫉妒我，她真的是如此，天哪，我下週還要在課程上教她，二個小時！在這短短的二個小時間，她會不會拿剪刀刺我，真令人害怕！」每當艾蜜莉亞驚恐時，她就想做愛，愈是害怕，她就做的愈起勁。我將她放在桌上，她解開我的褲頭後細心地撫摸它，在她的觸摸下我總體會出一個人或一隻動物摔落之後的心情，我進到她的世界，桌子密集地響，她急促地牽引我走向她的世界，它腫漲而抽動。

「那個可惡的老巫婆，可憐的女人……。」我將自己全交給艾蜜莉亞，在她柔軟溫暖而有規律的波動裏，我繼續前進，經過她小小的胸脯來到她忘我而扭來扭去的頸子上，我掐住她的脖子，指甲深深地陷進皮肉中，她慵懶地叫喚我我便繼續往前走，她的眼睛在灰藍色的眼瞼下翕張，次數愈來愈密集，像風中高速旋轉的一枝風車，我伸出手來停下它，艾蜜莉亞在笑聲中帶領我走出迷霧，在我們之中她率先忘情尖叫，既使在這個時候，她的聲音聽起來還是很滄桑，像荒原上的風聲。她每次都誇張地表現出她的性慾，在我看來她的表現就像一種難以言喻的偏執，就像她一直都別著那只破舊的古董別針；我也可以隨時隨地成為她的一份子。在幾秒鐘的暫停後，她把我推倒在地上，我們又風風雨雨了一次。我脫光她的衣服，這次是全然出於一個男人想看一個正常女人赤裸的形體，看她坐在它上面滿足快樂地晃動是件很享受的事情，我翻到她身上，像隻獅子一樣地盡情嘶吼、舔食，感到累了就趴在她上頭，我抬起頭來凝望她，奇怪，她的瞳孔裏沒有我的影像。

「怎麼了呢？」她好奇歪著頭問。

「不……，沒有……，」我爬近她，貼近她的眼睛，又看了一次，她感到害怕，她的那部位與我的那部位又緊緊咬合在一塊。

我說：「占卜我的未來吧。」她拒絕，我問她為什麼不？她穿好衣服，揮揮手後和我說：「下次吧，也許，我才在飛機上遇到了怪事呢！等我心情好一點再說。」

我和詹姆斯在早上例行性的巡邏途中臨時被調派到機場去處理一件突發狀況。我意識到今天我尚未將那面鏡子拿出來看一看，我總覺得它隨時就像雪倫一樣輕易地消失一般地脆弱，它沒有木框保護的那部份也許會因為撞擊而生出道裂紋或從那最脆弱的部份開始碎裂。奇怪的鏡子。我掰開頭頂上的遮陽板，從皮套裏頭抽出鏡子。它很美，沒有被嵌上核桃木框的兩邊彷彿是一個女人白透紅的頎長頸子，一條金黃華麗的絲巾點綴其上。木框本身也慧巧雅緻，在這個世界上我從沒見過任何一樣東西與這花紋形狀相似，它是經由豐富的想像力中錘鍊出來，比黃金更純真，曼妙的紋飾是它唯一的濃情蜜意。若說它們是某種文字，又極富文字所沒有的變化，若是要歸為花采一類的，卻又未免過於野俗。

詹姆斯停止抖腳，他在位子上粗魯扭擺，好不容易才把那本擠在褲袋裏頭的小筆記本拉出來，它已經嚴重變形了，他拿出來聞了一下，享受又陶醉在自己的體味裏，接著又把它拿到我眼前，使勁要往我的鼻子塞，我很容易對味道過敏，我不耐煩地用手掌將筆記本推回去。詹姆斯感到非常得意，他讚美我的語氣令我想到稍早和艾蜜莉亞在一塊的事，他說：「你精神很好。」

「有嗎？」

他瞇小了眼睛打量了我一下，重複道：「你今天……怎麼說呢，很有朝氣，紅光滿面。」那小小筆記本被翻得啪達啪達響，筆記本裏頭記滿許多人名和違規事件。他注意到腳下有什麼，彎身下去撿到一片包裝褪色的口香糖，我吐出舌頭勸他別吃，他撣掉包裝紙上的沙粒，打開它，把它捲成筒狀後扔進嘴裏，嚼得很起勁。

「吐掉！」但是詹姆斯吞下口香糖並且哈哈大笑。我一點也不覺得有趣，我戴上墨鏡，深深吸了口氣緩和情緒，他說的正是我有意迴避的私事，除此之外，這個話題本身實在一點意義也沒有。

生活中除了愛之外，還有工作，這是當然的，愛和工作就夠使人忙一輩子。

「安妮還好嗎？」我和詹姆斯說安妮一切如故，還將今早在廚房裏發生的事告訴他，我一面操控方向盤一面抱怨安妮疑心病太重，埋怨道：「總是懷疑無法求証的事情……，像是她就認為我不再愛她之類的。」

「女人在教堂一聽完牧師的証詞和男人的諾言，就會認為她是男人的責任之一；她們這樣認為，我們也深信不誤。但當她們可以毫無忌憚的在我們面前耍性子鬧脾氣時，在我看來，反倒女人要付的責任就多了，而她們也已經扛起了，只是我寧願又懶又傻的躺在一張舒服的沙發上，不學她們……，」他拍了我的臂膀，戴上他的墨鏡，然後由衷感佩：「你為你妹妹做得太多，你也為她做的太多了，而且做得很好，很不錯，真讓我大開眼界！」

他奪去我手上的鏡子，但我很快地又將它再度奪回來，我頗為惱怒地「嘿」了一聲警告他；他很無辜，忙賠不是，他畏畏縮縮自責地問我他是不是做錯了什麼？我火氣全竄上來，嚴肅怒斥：「這是我妹妹所留下唯一的東西，她也許死了，你不知道你會碰壞它嗎？小心一點！」

「不……你再也不要碰它。」我下定決心。

「好……，抱歉，我不碰。你的問題就在於你膝下無子，你知道嗎？」

鬼扯，我心裏反駁，但一下子又心虛了起來。他也許說得對。仔細想起來我和安妮之間美好的往事已經漸漸剝落，我不堪回憶，也不想碰觸生活中過於濃烈的空白，倘使我喜歡這種生活，我相信是由於這些空白以外的自由。在我出門之後，她可能開始又打版一件新洋裝或是在廚房烘焙課堂上習得的新甜點，她做完了，她又沈默了一天，我忙碌，我們已經沒有交集。到我下班回到家之前的這段時間裏，她都在做什麼呢？她沒說過，她從來也沒和我分享過，我猜不透，連我也不知道。打掃房間？不，那些都是以前的事了，她現在連洗個碗也氣喘噓噓的；我想我今天早上一定是瘋了才會坐在她面前吃她做的早餐，我吸進她呼出的有毒的空氣，吃進她指甲裏骯髒的汙垢、唾液裏的病菌，藥物使她浮腫又虛弱，六神無主，我那時候還對她說了些什麼呢？我已經忘得一乾二淨，我忘得那麼快。

「你結婚幾年了？」我不想回答這個問題，我專心開車。他繼續道：「我記得好像只比我慢二年的樣子……。」

「聽我的話，你的問題就在於你膝下無子。」我勉強對他笑了一下，聳聳肩，也許他是對的；詹姆斯的心情開朗了起來，他欣喜說：「我多希望你和安妮下週能來我們的烤肉會，我們很高興你們到來，尤其是小詹姆斯特別期待聽到你親口描述緝毒那件事，他一直以為耍飛車特技的人是我，」他嘆了一口氣，接著說：「我只不過是個平凡的普通父親。」他說完，哀求我，兩手一攤。

我承諾他：「我問問安妮……。」

我忽然又湧起安妮今天也許身體好了，又可能打掃房間，這猜測令我的身體冒了一陣冷汗，期望她還是沒發現被我拖進床下的大箱子，她也許會忽略長久以來就閒置在床下的箱子，但無論如何就是最好別輕易打開它。我和安妮也都該開始認真考慮生兒育女，我也該在我的生命中多做件有意義的事。我看了詹姆斯一眼，看起來他原本輕鬆的心情變得認真沈重起來了，他輕輕地碰觸我的前臂，語重心長地安慰：「哦……」，接下來，果不其然，這個普通的父親繼續這個星期我已經聽了四次的話：「日子還是要過……。」

我們接到趕往機場處理突發狀況的通知：有個醉漢在機場出入口鬧事，擾亂秩序。機場大廳門口早已有人群聚集，顯然有好一會兒了；人群又往內攢動，遠遠地在大廳門口堆累成一座新生的小小火山，人又從四面八方散去，臉上有抱怨、驚恐以及挑剔的表情，走遠的男人向女人批評時政，女人埋怨多有嫌棄。每次有人從那裏走開就立刻又有人遞補那前人留下的空缺，去的人少，來的人多，使得人群在畫面上凸出如電影裏一座古老的祭壇。我們鑽進人群裏，他們低頭議論，我和詹姆斯所要做的第一件事就是驅散他們，保持道路及交通流暢。

「怎麼會跑來機場，嘿、看這傢伙醉得不醒人事，哦、真是十足地爛醉！喂，起來了，老兄！」

躺在地上的人一動也不動，看起來四十出頭，仰天的面容五官僵硬，身材纖瘦，衣衫不整，臉色蒼白。當詹姆斯蹲在他身邊拍打他的臉頰時，我正在距離他們五、六步之外調派救護車，詹姆斯神色不由得愕然凝重，他示意我說那是一具屍體。

為避免騷動，我們儘量不在公開場合使用任何聳動的字眼；我走向他，伸手探測他冰冷的頸動脈，然後回車上拿封鎖線，我們所能做的就是繼續疏通人潮，並且期望不要出現比更惱人的場面，直到這具將引人注目的屍體被送走為止。

「喂，怎麼回事，他死了嗎？」所有聽得見這個問題的人都被吸引住了，說話的人是一個有著細長小眼的金髮女士，年邁又行動緩慢，路過的人動作謹慎。她將她的眼睛用力瞇成一條線，高聲地問著。我看了她一眼，仍舊保持著沈默，沒有回答她的問題，只要求她別呆站路口堵住後來的人群；在一陣子非常短暫時間的蘊釀之後，聲勢更浩大的疑問爆發開來，那女人的話引來更多惶恐及不知從何而來的不滿情緒，像一群群被誘惑的蒼蠅，這群無首蒼蠅四處亂竄了，經過一陣子之後，飢餓地又在我的指示下恢復了秩序。他們走走停停，聞聞問問，拍拍照，或是拿鏡子反閃陽光褻瀆死者。這件事情就一如往常地暫時就此落幕，屍體被送走了，繼續有人留下議論紛紛或特地試著從我們身上挖出一些消息；而我和詹姆斯出於好奇心和尋求刺激感的緣故，相互在車裏打賭這醉漢的死因。我後來才知道，死者是一個四十歲出頭的男子，才剛從父親手上接下傢俱行，除了販售新傢俱之外，還代客訂製及轉手二手傢俱。

「他一定是死於家族遺傳疾病。」詹姆斯那時還斬釘截鐵地說。

「既然是打賭，」我興致勃勃地說：「那麼，讓我徹底的了解你的意思以免往後有人賴皮不認帳，你的意思是，他喝醉了，然後在要進入機場時心臟病發死亡，是這個意思嗎？」

「沒錯。」這是詹姆斯的選擇，他笑得很狂野，過去他也是用這心情和爽朗的笑聲搭配我賭輸買來的餐點飽肚。我倒是不以為意，嚴肅的糾正他他錯了。

「他是被嚇死的。」我說，斬釘截鐵，不加思索，看也沒看他一眼。

「你在說什麼！哦！天哪，被嚇死的，他可是酒氣衝天呢，欸，你的鼻子一定不靈光了，你的鼻子徹底的病了！我還沒走到他身邊就快被他的酒味給薰死了。嘿，你輸定了。車鑰匙在你那裏。」

「別說我的鼻子！你看他倒下的那個姿勢，像爛醉的人才會躺的樣子嗎？」他下車前就把車鑰匙抽走了。

「不像嗎？」詹姆斯故意反問，他推了推塌落在鼻樑上的墨鏡，他完全不相信卻又不敢斷然否定，為了點醒他的盲目之處，我鄭重地告誡說：「首先，這件事和雪倫本身沒有關係，不是每一個人都會因為家族遺傳疾病或身體不適倒下，我還真驚訝你會有這種『故步自封』的迂腐想法；再來，他是真的被嚇死的。」

詹姆斯欲言又止，他終於摘下墨鏡，它和我的是同一個品牌又同款，但顯然不適合他的臉形，他喃喃自語「天啊、天啊⋯⋯」地唸著，他根本就不相信我的話卻又無法提出任何強而有力的見解。

「任何事都有可能！就像雪倫憑空消失一樣！」這句話冷凍車內的氣氛，時間彷彿也停止了，我聽到詹姆斯堅持他要開車，他說他還有妻兒，他不願將生命交給一個精神已經錯亂的人身上，他終於找到了車鑰匙，並進一步強烈地威脅要我讓出駕駛座。他說我瘋了，還說再惦念雪倫下去，遲早會和安妮離婚。離婚!?我不想和安妮離婚，雪倫還生死未卜，我不會和她離婚，我也不要和她離婚。我們回到警局調閱死者的相關資料，知道他的名字叫尼克，經營的傢俱店正逢資金週轉不靈之時，表面上也許是壓力讓他買醉，不醒人事，然後，猝死在他的旅程上。我覺得他是被嚇死的，儘管偶而回想起來這推斷快得出奇，又令我自己都覺得不可思議，我仍是堅定地認為事實恐是如此，我有強烈無誤的直覺。

在警局待了半小時之後，我們又得前往位於機場西南方向外的一個叫做「滋滋」的私人休息站外三公里處。

「『滋滋』休息站？什麼『滋滋』休息站？」

「就是『滋滋』休息站，」我說，我心裏還氣著他不看好我和安妮的婚姻，伴隨輕微的蔑視和報復，心煩地回答他。詹姆斯又像五歲大的小孩滿滿好奇的追問，我勉強找些話敷衍，我記得我好像和他提到通知上的事。

「『滋滋』這名字聽來像是糖果的名字，很多顏色的那種，」詹姆斯拿起對講機再次確認後才又繼續他的見解：「應該是『肥滋滋』，沒有『瘦滋滋』這門事，或是『滋滋作響』也是不錯，哎、你和安妮到底有沒有要來參加我們舉辦的烤肉會……？」詹姆斯用眼神仔細地打量我，接著又說：「奇怪，我沒注意到有『滋滋休息站』這個地方。」我的怒氣完全爆發，不置可否，奚落他：「難不成你認為他是一夜之間蹦出來的!?」話才說完，我忽然為此打了冷顫，給這個休息站的存在植入了一股森涼的偏見。

「我記得這休息站不叫『滋滋』。」

我以沈默打住這個沒有意義的話題，又懼又累，心情煩躁，在車上討論它的名字是很浪費精神時間的。

「你們到底有沒有要來？」

「我們不去！」我很快地對這決定感到反悔，急忙澄清：「不，我回家後再打電話給你……，也許，」我像個發燒的病人說：「安妮可以去。」直到此刻，那份隱藏在內心的失落感和無力終於赤裸裸地顯現出來，是什麼使我不再愛了呢？是因為安妮已經不再是以前的模樣的緣故嗎？如果我拋棄了她這個病人，身為丈夫的我會不會太膚淺太殘忍！在人群中我發現一個挺著大肚子的母親，推一輛破舊又骯髒、上頭堆滿紙製品和保特瓶罐的嬰兒車划過色彩鮮艷的斑馬線，掛在上頭印著某慈善團體名字橄欖色的大袋子，她的小孩子捉著她長長的衣襬在後頭走著，經過我們面前時，露出無邪的笑容。如果不是因為工作的話，我還真想回家看看安妮在做什麼？然後載她到醫院評估生產可能會有的風險。不，不會有風險。

「你認為她會讓她的新生兒睡那台嬰兒車嗎？」詹姆斯說他可沒看到任何嬰兒車，他笑說他只看到一群毒蛇猛獸光天化日下橫行霸道；我一面淺淺地笑他一面栓緊水壺蓋，又回到我們的任務上，說：「好吧，那你說那休息站叫什麼？」

「『危禁品』。」

危禁品。什麼鬼名字，我在心裏嘀咕。

「晚上去喝一杯？」詹姆斯聽了我的建議後皺起眉頭，接著揚高眉毛：「喝一杯？」他認為到酒吧喝杯小酒未免也太不近情理了，他問我：「你覺得這樣就夠了嗎？」

我雙手一攤，聽得迷迷糊糊地，他的話一針見血：「至少也要去射擊室比個高下。」

我完全贊同，真刺激，旋即他告訴他妻子我們今晚的娛樂，忽然他說他不打算對他妻子說今晚的事了，他收起手機，他說我正瞪他，他向我道歉；真令我驚訝，我一點也不介意他在我面前處理家庭事務，我說，的確，他真的是誤會了。詹姆斯不說就算了。經過「滋滋休息站」油漆燈管剝落新的和舊的招牌，不到五分鐘，我們即可看到逆向車道完全一片混亂，眾人在失序的車陣裏圍住肇事的小轎車，它撞凹了白色小車的車頭。肇事車輛的喇叭聲幾秒鐘後就被關掉了，而比較激動的人持續拍打車頂要求肇事者下車解釋。我和詹姆斯趕在雙方有更進一步的接觸前干涉調停，同時呼叫更多支援，放眼望去，雖然幸運地沒有嚴重的傷亡，然而有七到九部車子已經堆撞在一起了，其它線道的車子也受到波及，都亮著大燈橫七八豎活像一條條岸上半乾的死魚，人群在陰霾的天下有張特別白的臉和四肢，痛苦地像魚旁蠕動的小蟲。

「請出示您的証件。」我說。

我發誓我再也沒看過比它更古怪的人臉；太多情緒混雜在一起壓垮了這張老邁的臉龐，使得它要比一般人憔悴時更加顯得骸人扭曲。他瞪我看了好一陣子，經過一段漫長的等候，我還是無法從他的嘴形拼湊出他欲打算說的話語，於是，我復又重複請求：「先生，麻煩，你的証件讓我看一下。」當他好不容易行動緩慢地將皮夾裏的駕照交到我手上時，我驚覺他手竟是抖得那樣厲害。我轉過身去望詹姆斯，場面已在他的掌握之中，他在那邊時而記錄受害者的証詞時而對著對講機描述現況，原本暴戾的氣氛也緩減下來，甚至有些人也神情輕鬆地和他交談。

「請您們下車！」我提高音量，希望車內所有人都能注意到我，好配合我要求的事項。肇事小轎車的後門打開了，一個中年婦女衝出來了，臉上同樣的驚恐，神色緊急，好像後車廂著火似地，她抓住我前臂，情緒高亢，嚷道：「我妹妹不見了，她剛還坐我旁邊，可是她不見了。」剎時間，我的心被她撕得四分五裂。我忍住悲痛的心情，震顫地問她怎麼回事。我真希望這是我最後一次聽到這樣的事情，否則遲早有一天我會因為心碎而殉職的消息會早先透過社會版記者發佈出來。她好像在描述一個月前雪倫消失的現場狀況，有許多難以解釋混沌不明的線索一再勾起我一夜之間失去的快樂回憶及我世上唯一摯親的依靠，它們現在都變成折磨人的糾纏，像一條繩索，一端繫住我的肉體，一端繫住備受考驗的人生經驗。接著，一個同樣焦急的女孩子也出現了，她憑藉一股骸人的力量盯著我看，將我的恐懼徹底地呼喊出來，我強打精神，虛弱地喚來詹姆斯，我再也不願聽見任何異常的事情。在我完全恢復體力之前，我全然是個局外人，倚佇警車車門，雙手抱胸；虛弱的人的臉色肯定是蒼白無血的，但我想我偽裝得很好，致使會留意到我的同事們沒有一個人過來問候我身體狀況；我注視著詹姆斯，注視他如飛的筆桿，注視那對看起來很像母女的東方女人。看了許久，從她們的互動感覺不像是母親和女兒。後來我載送他們回到家中。

一路上，耳邊響著婦人斷斷續續所敘述的一切，快速道路，黑夜，尖叫的瘋女人，樹林，馬蹄聲，閃避不及的車禍，稍後也浮現被鎖在鐵櫃裏雪倫窒悶的嘶啞了的救命聲，還有那張我熟悉不過卻被黑色吞噬而變形了的小臉蛋。處理完快速道路後的我沈默了，一部份是由於身體突然的不適，再者，既是由於不只是我，這下連詹姆斯也覺得事有蹊蹺，我們都為著如何製作筆錄而苦惱。而且這天回家後，要進屋前我驚詫我竟然將鏡子收在我褲子後方的口袋，大腿裂了一條長長的傷口，黑色褲子溼成一片。

第五章　小黃狗橙子

譚先生的敘述（譚梅的父親）

「掛號—掛號—9號—」

一件包裹被送到了巷子左半邊靠近馬路的第五間房子，時間正是接近午餐的時刻，郵差在門口久久等不到人去簽收，按了門鈴幾響，依舊沒有人走出去，被綁在車庫的狗吠個不停，鄰居吹著長長的哨音，「噓—噓—」；於是他又再次高聲呼喊，這次連收件人的名字也叫出來了。叫名字永遠比按門鈴還管用，對這巷子裏唯一一家有裝設門鈴的人家來說也是如此，中年男人從屋子裏三步併二步大搖大擺地走出來，將印章交給郵差的時候一臉歉疚，他注意到郵差並沒有因此不耐煩，收下包裹之後依然禮貌週到點頭說謝，並且在進屋前和對面正抱著孫子把尿的鄰居相互問候了一番，然後才滿意地關上門坐回自己慣坐的大藤椅上。

是阿桃的包裹，我在簽名時聽到二樓的窗戶被拉開，聽到她在樓上用她銀鈴似的女聲充滿期待地要郵差稍待，我領了上頭被寫上「生日快樂」的包裹，將它放在茶几上頭，然後坐下來享受一口茶的滋味，拿出報紙底下的一塊奶酪蛋糕，繼續看電視。我剛才的確是聽到她要下樓來，所以遲遲不將蓋在乳酪蛋糕上的報紙掀開，倘若被她看到乳酪蛋糕她一定又小氣地計較一番……今天是阿桃的生日……她小氣的性格就像她母親，她把不小心掉進垃圾桶裏的魚頭撿起來吃。我不禁渾身打哆嗦，不可置信地阻止她，連「嘿、嘿」了二聲，她不甘示弱力爭道：「這有什麼關係，才剛掉下去，又沒沾到髒東西，下面有才剛丟下乾淨的報紙墊著咧！」哎、真是貪心！連別人送來已經爛掉的蕪菁也要，還說我不懂，她才不懂，就是已經開始腐爛的蕪菁才會被送來，只可惜她沒能親眼看到那個被我戳破謊言而嚇呆的小伙子的表情。

今天是阿桃的生日，注意到她開始穿內衣的日子好像才在昨天發生過一樣。阿桃和她的母親長得很像，不論是五官或身高，女人身體的形狀都是大同小異，可是阿桃的好像就差了一點。我又喝了一口茶，潤潤喉頭，舔了下嘴唇，茶在舌上回甘，阿桃還是沒下來拿走她的生日禮物；打斷棒球賽的廣告看多了就令人感到掃興，於是我走到房間，拉開抽屜，從方才放下的一支金澄澄的懷錶旁邊，由兩支史努比卡通錶中揀選出那支揮球棒的。那緊鄰玄關始終空了的樓梯似乎隨時都會有人走下來似的。今天的天氣很明麗，是陽光充足的一天，適合辦一場熱熱鬧鬧的饗宴，今天是阿桃的生日。我回到客廳，將錶妥善地與阿桃的包裹放在一塊好方便她一併拿走。我以為是阿桃，看到的是她母親，我趕緊將阿桃的東西收起來藏在腳邊，裝作若無其事的模樣。她一推開門，阿梅的狗——那隻被叫做「橙子」的小黃狗，衝了進來，脖子上還拖著狗繩子，狗繩子的另一端勾了串的爛葉菜，爛葉菜被拖在磁磚地板上嘶嘶地響，纏繞住椅腳。小黃狗一進來就直奔到我面前，挨靠我坐得直挺挺地，張著嘴，眼神堅定，我撕了一塊乳酪蛋糕給牠，不一會兒功夫，蛋糕就被咕嚕咕嚕吞下肚去，我摸摸牠的頭，稱讚牠好乖。

「誰叫你進來！」她過來罵牠，小黃狗皺起眉頭，頭垂得低低的，她轉過來對我說：「把牠綁到後面去。」我看了她一眼，很快地把手抽回來，對小黃狗說：「離我遠一點。」節目開始了。我不認為我能將狗綁得很牢固，我不能確保牠不會再跑進屋子裏來；她走進來時，仍然那樣執意著，我向她解釋：「我不知道怎麼綁……，」心裏想著若她明白我會綁那還真是胡說八道，惱怒地「喝」地吐出心裏的悶氣，瞪了狗一眼，我再伸手要去摸小黃狗時，牠跳起來了，牠後退了幾步，我喚牠過來，牠不情不願地走前幾步但退得更遠，於是我站起來，牠頭歪了一下，然後開始噼哩叭啦地在屋子裏頭橫衝直撞，一溜煙就爬上樓梯，不見了。

「把牠放掉……。」她有氣無力地攤在沙發後面的竹編躺椅裏頭，手摩娑額頭，像是要擦掉上頭的髒東西。

「妳要把牠放到那裏去!?」我簡直就要叫起來了，她說：「開你的車把牠載到海邊，丟在那裏。」

「開什麼玩笑……，」我搖搖頭，注意場上的比數，真是場驚險萬分的比賽，歡聲雷動，我說：「阿梅知道會生氣。」她要準備走的時候，我吩咐她：「把狗綁好呀，牠要是咬到鄰居，人家來告，就要賠醫藥費了！」

「阿梅去那裏？丟下一隻狗跑去那裏了？」她等我的答案，我沒有答案，她接著說：「問阿桃看知不知道她去那裏？」她像是自言自語的講完這句話就上樓去了。她上去沒多久，狗便淒厲地慘叫，小黃狗在樓上噠啦噠啦地跑來跑去，她不知道在罵什麼。阿桃總算是下樓來，我從水族箱玻璃上看見她的倒影，每一次她一舉手，一投足，朝氣蓬勃的捲髮就在半空中浪動起來，她站在那裏，手扶著欄杆，似笑非笑，我高聲提醒她：「有妳的包裹，是妳的包裹哪！還有一支手錶！」這時候小黃狗飛也似地逃下來，阿桃一動也不動地站在那裏，她沒注意到小黃狗，小黃狗溜出外面，撒了尿。

住對面的太太不再吹口哨，她一歲多的孫子在她手掌上咿咿啞啞地玩耍，她叫那小孩別玩了，接著又開始吹起又尖又長的哨音。

「怎麼在這裏小便呀，路上都小得一塊一塊的。」理幹事太太作勢要打牠，小黃狗嚇僵了，定在巷子裏不動，阿桃這時候將那門拉了半邊開，正要衝出去捉牠時狗動了一下阿桃她柔軟的身體就又縮回來，她躲在門後不再注意小黃狗，她開始去注意理幹事太太。我在屋子裏叫阿桃進屋來，管狗幹嘛呢？理幹事太太已經走到對面去逗弄那小孩，她們討論起狗在巷子裏小便並結論出這件事就是不清潔，「髒死了」是她們一致的結語，理幹事太太附議：「我們以前才不會撿那些骯髒狗回來養，牲畜。」她聽了這話，對鄰居、對理幹事太太都感到相當不好意思，她一面向她們噓寒問暖一面偷偷摸摸地對狗招手，理幹事太太把一切看在眼底，她又說：「呵……，還要管狗工作又多很累人吧，夭壽哦。」

「對呀，叫她載去丟她也不要。」她說，她見理幹事太太沒理她，只得又開始著急地叫那小黃狗：「小狗！進來！小狗——快—進—來——！」不過——牠跑掉了，她「噢！」地一聲，阿桃也放聲低吼，我的心震了一下，其它看到的人又繼續起他們方才中斷的話題。她兩手一放，雙腳一蹬，氣沖沖地進屋後又大叫一遍：「牠跑掉了！」阿桃側了身子讓出位置給她母親經過的那一剎那，遠方隱沒在建築物後面的太陽真像個羞答答的姑娘。

「呵……，呵……，呵呵，」我一直都看著，又氣又好笑，我說：「那隻狗真的很壞，上次我也是這樣，愈叫牠牠跑得愈遠，只有要吃東西的時候才會過來。」她站在我面前一臉的嚴肅，我自討沒趣，提醒她：「牠等一下就自己回來了。」阿桃的母親注意到阿桃：「妳今天怎麼沒上班？」阿桃沒多說，她冷冷地丟了「跟妳說妳懂嗎」，接著她怒視我一眼後上樓去了。

「問一下也不行嗎？」阿桃的母親跑來和我抱怨：「不給她去開生日會就氣成這樣……性子有夠壞，也不去上班。」

「生日會？哦，不行，那有辦法，怎麼可以讓一群人來！不要叫別人來啦，現在壞人也很多，去了被人欺負，你沒看到新聞嗎，待在家裏就好了，去外面幹什麼呢⁉」

「她有錢出去嗎？」我問。

阿桃的母親說阿桃十日才領錢。那細細長長又令人暢快的滴水聲終於來了，「好棒！好棒！」那始終在摳她孫子屎尿的鄰居心滿意足地讚美道，她站了起來，抱著孫子走過去，在另一頭叫喊：「小狗——來——，狗狗在那裏哦，看狗狗。」巷子裏的柏油路面上每日各式各種活動劈哩叭啦響，起先是緩慢近似停滯的，後來變得劇烈，入夜了之後就是一瓢次日褐深了待洗的油鍋。下午我先打電話問水族館老闆他們今天有沒有小金魚？他很簡潔有力地回答我說有，我趕在他要掛上電話時又詢問他有沒有金鯧銀鯧賣？他猶豫了一下，然後以他那朗亮的聲音頗為週到認真地說：「現在有二對。」

「都是金鯧呀？」

「金鯧、銀鯧各一對，」他停頓了幾秒，話說得又急又快：「阿伯，您要不要過來看呀？」

「好的，好的，我等一下過去喲，謝謝您呀，謝謝呀，老闆。」

我掛上了電話，快速經過那空出一大塊空間的水族箱，幾分鐘準備就緒後便牽出機車，出發要前往鄰鎮的水族館去。油箱裏的油快沒了，我在路口轉往反方向到最近的加油站去加時，碰到理幹事的大兒子，他是一個斯文的年輕人，唸醫學院，眉心書卷子氣，很有朝氣的烏亮短髮，身材壯碩闊氣，步態輕鬆，個頭略為矮了些，窄小的脖子上掛條黑金骷髏頭項鍊；他和靄地撫摸那群叫著狗名字的小孩子們的頭，接著轉身去注意他家那隻毛色暗澀毛髮糾結成塊的混種大狗，這隻老狗正在他後面吃力地跟著，小孩子一摸到大狗後興奮尖叫四散而去。當他再度回過頭來看路時，冷不防地被我嚇了一跳。

我停在他前方。

「你好呀，嘿，你好呀。」我伸出手來向他致意，盡所有可能表達出最大誠摯和和善，只差沒在90度鞠躬的弧度致意時扭斷自己的脖子。我確定他明白我特別停下車向他致意的用心，他嗚嗚哦哦地說不出一句話來，他看得兩眼幾乎要掉出來，我用力地擠出笑容，同時又在確定這個年輕人似乎不打算進一步和我多交談之後，在發動車子前更是大聲叮嚀他：「我向你打招呼哪，我有向你打招呼哪，您好，再見了。」他滿臉不悅，他開始慌亂，還不停地左顧右盼，他一定說過我的壞話，想必是因為做賊心虛而急於擺脫我。我也不管有沒有鄰居出來，他們要出來當見証人也不錯，於是我拍打他的肩膀，得意洋洋地說：「有沒有記住？喂。」我根本就不想管他說他忙什麼鳥事要先離開之類的，反正他可是聽得一清二楚，這件事不久就會像前幾天的事情一樣傳遍他家裏的任何一個人；想想我那時只不過忽略理幹事太太的招呼就成了千夫所指的罪人，在這之後他們家的人看我像是看到一隻附在他們皮膚上的跳蚤一樣，厭惡，鄙視，嫌棄，巷裏每一個見到我的人也都馬上鑽進自己的家裏，只有一、二個皮笑肉不笑地，但也在禮貌性的點頭後就進到房子裏去。我女兒要嫁到他家一定很吃苦，況且，他那條載著的項鍊總覺得似曾相似，我怎麼能養大我女兒的虛榮心呢？我女兒穿衣服不挑新舊，也不載任何項鍊。我兩個女兒都養得很高眺。

在加油站加滿了油，我再度，非常享受地坐上我女兒舒適的機車；這台機車坐起來很順暢，他媽的簡直比她娘還柔軟，聞起來也應該會有累月的處女的味道，我深信我女兒不會隨便亂來，她相當的矜持自守，緊得聽話得像她娘孕後的束衣。她小時候還妄想要去學芭蕾舞，我說，女孩子下面開開的不好，她楞了一下，以後就再也沒和我提過這件事。

「老闆，老闆，午安，我來買小金魚。」

老闆看起來約莫三十多歲上下，他身後總是跟著個小女孩，在他老爸後邊偷偷摸摸的，我起先對她充滿興趣，但不好去探究她會不會伸手來將我的食指緊緊地包裹住，我全身酥麻透透。漸漸地這個念頭終於使我一看到她就煩心，因為叫她她不理，只會躲在後面探出頭來又縮回去，我一靠過去她就掉頭跑進屋裏找她媽媽。她媽媽倒是人不錯，手上還抱了一個嬰兒嘀咕她沒禮貌，看見我來，便「主任、主任」欣喜地熱情招呼，很親切，皮白肉嫩，身材豐盈。我在褲管裏抖晃了一下，繼續參觀；稍微瞄了一眼知道今天的魚要比前二天我來的時候多了幾樣。我轉了方向走到面向大馬路的大缸前，食人魚成群在缸底活動，一尾紅龍一尾青龍就在上面游來游去，兩者互不干擾，悠閒又威風；我看了許久，這隻紅龍我已經看了很多天了，知道我養那些魚的老闆總建議我可以考慮他出的價格。牠翕動著腮子，頂著一對牛眼，嘴合合開開，朝我游來，像隻狗一樣地搖擺尾巴，我伸手貼在玻璃上，用食指輕輕敲打，牠走開了，在我面前巡游了一圈之後又再回來，展示牠強勁完整的魚尾，那魚尾一掃過去，一開一合的嘴就又在我眼前，兩隻銅亮的圓瞳黏在兩邊，一對活絡的腮子打了個大哈欠。真聽話，我從口袋裏拿出預先用信封裝好的鈔票交給老闆，他很快地將魚打包好。

「老闆，也給我一隻獅頭金魚，現在游出來的這隻，快點！快點！」這老闆火速搬來凳子，一站上去魚網子就下水，獅頭金魚慧黠地左躲右閃，搞得老闆左擋也不是，右抓也徒勞，就這樣一陣子瞎忙，弄掉了牠身上一串紅金色的魚鱗，落在水裏，茫茫消失了一片；後來牠也游累了，在水草叢間再也沒有氣力，只那樣地滑了一小段距離，停在小橋上給了老闆機會，出水時也不掙扎，在塑膠袋裏生了點小氣橫衝直撞幾秒之後，變安靜了，氣喘噓噓地，動也不動。這隻金魚體型稍小但紅光通透，勢如熊火，顏色飽和；價錢也便宜，阿梅要是不要，嫌棄了也行，死了也算了。看金魚圓圓的小嘴就不由自主興奮，尤其是下面也跟著舒暢起來。獅頭金魚和那些被用來當作大魚食物的小金魚放在一塊，是要買給阿梅的。今天是阿桃的生日，她不喜歡手錶，我要到百貨公司去買個布娃娃給她。只買給一個人是不公平的；小時候阿桃生日時收到布娃娃都好高興，她晚上還抱著它睡覺，在醫院打點滴時也是在我同意要送她一個布娃娃後才肯乖乖躺下；她一睜開眼睛，又會在我面前樂得手舞足蹈一番。

包裹、洋娃娃和手錶一直都沒被阿桃拿走，在房門前。動物頻道的節目也快結束了，我從樓上走下來時又抬頭看了一次時鐘，再過十分鐘就是新聞了。我起身去房間拿巧克力派餅和零醣果凍，才剛坐定，我便聽見她拉開紗門的聲音，是阿桃的母親，她甚至連看也沒看我一眼就走進去了，但倒也無所謂，我覺得只要她不要去注意魚缸的話，她不愛看什麼就別看什麼。我原本是想開始吃巧克力派餅，但她又忽然從廚房端了碗飯出來，問我：「所有的人都吃飽了嗎？」我只得掃興地將巧克力派餅藏起來。

我說我不知道；孩子大了能自主後我就很少干涉他們的生活，理了反而碰一鼻子灰。我看她似乎有打算坐在客廳吃飯的意思，便打發又催促她：「去問問阿桃吃了沒有？她還沒有吃。」她無動於衷，倒是和我提電話帳單的事；她說她最近要加班沒有時間去繳交逾期的話費，因此詢問我能不能幫她跑一趟電信局？水族館在往電信局的路上，我說只要她明天把錢放在桌上的話，我可以去。我把腿擱在桌上，心情漸漸由於今天至今尚未看到阿梅變得沈悶，她該不會像她姊姊一樣小氣又暴戾；對呀，暴戾，阿桃她國中老師就說她這孩子個性很糟，然而至今我怎麼還沒見到阿梅呢？阿桃個性沒有阿梅來得好，既使我後來把浴室的那兩扇窗戶都用木板封了起來。

「阿桃怎麼沒去工作？她是不是不做了？」

「阿桃還是沒去工作嗎？」阿桃今天一整天都在房間裏不出來。她瞟了水族箱一眼，將拳頭大的雞排撕裂，用手抹去嘴角上的油酥脆皮，兩顆眼珠子轉了幾圈之後，落在地板上，問：「那她今天在做什麼？」這句話才剛說完，她立即發表了一些關於新聞頭條的粗淺感想，又問了我一些例如美國在那裏這些她不懂的事。她洗澡時我就到樓上的洗手間小解，放在阿桃房前的包裹和手錶不知何時已被收了進去，我去敲她的門，安慰她說：「如果妳失業了，有什麼需要的話，爸爸這裏有，什麼都可以，爸爸幫助女兒是應該的，不要客氣呀……哈呼……不要客氣……哈……呼，我這裏都有……我這裏都有……，不要誤會呀，我心臟不好呀！」我站在門旁就快窒息死去，阿桃赤裸的胴體上覆蓋層含苞的玫瑰花將一朵一朵依序被吹開，她詳和的雙頰紅潤起來，迷濛的眼神綻放專屬於女性特有的氣味。我伸手撐住它，減輕裏頭的疼痛。難道阿桃還在生氣她誤會我偷看她洗澡？我那時已經著急地和阿桃解釋，幾乎要泣不成聲：「我以為你是媽媽啦！」阿桃浴巾裏一裹就跑掉了，她後來去和她講說我偷看她洗澡，起先，她竟然還懷疑我，我要真是阿桃說的那種人，早在她們姊妹還小的時候就做了，還等到現在！這事的隔天下午早早她們洗澡前，我就用木板和釘子把浴室牆上的兩面窗戶封死，一個蛋大的光也透不進來。阿桃從此以後就是一副愛理不理的死樣子，連睡覺也鎖門，鎖門幹什麼？在自己家裏有什麼關係呢？

她洗完澡後到樓上一趟下來，把錢放在桌上，說：「坐這樣，腳不放下來？」在電視機前我瞄了錢，瞄了她，心想我又不是她連出門也不穿襪穿鞋，我腳底淨白得連是不是紋路都分得不清楚，那會弄髒桌面？桌面甚至還比我的腳板髒。但我還是把腳放下，既然她來了也已經把話說了，連看我也沒看一眼，我也就自認倒楣總該是到了扔下這微小的一絲愉悅的時候，年紀已經大了，也抬不起來，在她面前我也無奈。我拿起帳單問她話費多少，想幫她出這筆錢零頭的主意也同她兩手在我眼前一攤沒說出來，她拉了張凳子坐在我旁邊，我凝視球賽，她剔牙，眼神飄忽不定。

「阿梅去那裏？」她小聲小氣的問。

「還沒看到她嗎？這麼晚了還沒回來！……喂，少六塊錢哪……，」我提醒她，巷子裏傳來一陣噪音，理幹事家的大狗翻倒了廚餘桶；新聞播報著背部遭熱油嚴重燙傷的流浪狗新生的事，我想到阿梅的小黃狗至今還沒回家，情不自禁脫口而出：「那隻小黃狗……妳有沒有看見？」

「我怎麼知道！你要不養那些魚，一個月也少好幾千元電費！」

「我養魚讓妳餓死了嗎？」她聽了留下六塊錢，氣沖沖的走了。接下來的幾分鐘，電話響個不停，沒有一通是找我的。我一直期待在非週日的時候寵物店老闆打電話和我說我訂的東西到了，還特別在缺貨時叮嚀老闆說我晚上都在家，和和氣氣地，結果也總是那麼不盡人意，從來沒有一通週日的電話來過；要來了多好，我就愛在她面前和寵物店老闆買東西。她又下樓來了，還是氣呼呼地，五官要炸飛開來了似的，手裏拿著郵局存款簿和一疊千元大鈔，嘴角也不抽一下，一走到客廳就喊叫：「阿梅去英國！」

我把電視機的音量轉小，一聲也吭不出來，吃驚之外就是好奇和懷疑，我當然生氣她竟然一聲不響自己跑出去，當然，我也不得不承認阿梅做得好，拿她母親的錢，使她尖叫：「她把我的錢拿走了，」她一面翻開存款簿手一面抖著說：「剛才辛老師也打電話來，你都不接電話！」我和她解釋由於電話通常都是找她們比較多，我也不了解她們的事情，所以讓她們接電話可以省去許多不必要的誤會。

「辛老師說他要去美國進修了，他說阿梅上課都不用心，老愛胡思亂想讓他很困惑，她下午的時候還打電話給他，總共打了六通，打無聲電話！」她說到後面的時候太氣憤音走了調，很刺耳，像一隻馬路上頭被輾爆的死老鼠。

「阿梅打給辛老師？」這真是件羞恥的事，她說阿梅還打了六通無聲電話，身為老師，辛先生的心情一定沈重，身為父親，我的心情也一樣沈痛。

「打了六通，都不講話，她的腦子到底在想什麼⁉辛老師說他要去美國進修，不教了，她要比賽自己去想辦法！」

「進修？現在？比賽？」我愈聽愈迷惑，問：「什麼比賽？」

「辛老師幫她報名比賽！」我喜孜孜地聽完她沒頭沒腦地解釋，我說：「哎，她會回來比賽的。」我還想到她的小黃狗，牠可能玩過頭了，要是再不回來的話，今天就得在外頭吃苦過夜，得翻垃圾桶找東西吃。她似也信服我的推論，但由於還在氣頭上，話也刻薄多了：「我不要幫她找老師，她自己去找。」將薪水放在桌上之後，語氣變和緩，她說：「明天去繳錢的時候順便幫我存進郵局。」

第六章　鑰匙牌水蜜桃干

譚梅的敘述

（台灣某高中音樂系學生）

我獨自坐在醫院長廊的沙發椅上，長廊裏濃厚的消毒水味中夾帶純淨的芬芳花草香；我嗅不出是那種市面上普遍的芳香劑，到底是檸檬香或是薰衣草味道，也許都不是，而是醫院裏的人員特別調配的配方。我拿出鏡子照了一下，我的臉頰要比以前瘦癟了一圈；這是理所當然的，因為遠距戀情更使婚事遙遙無期，如此兩頰就自然而然少了面相福態才會有的飽滿厚肥。

我的思緒跨越逃離了稍早的混亂狀態及嫌惡，回到機場候機的那段時光。我雖然很疲憊但還是惦念辛先生；為了不忘記他，我強迫自己去思念他。而至於幾十個小時前或是一天以前，我深深地相信，當初是不摻雜我自己個人的意識及非週遭氣氛催魂使然，純然是由於做為一個愛人在離別時心裏應當存有的澎湃的感傷，強烈的牽掛，強烈的期盼。我怎能不想起他呢？離開辛先生就像是把心掏送給別人一樣不尋常又不合理；只是，假使不經歷一番生死別離，依然無法明白彼此的真心誠意，倘使不如此，我也許遲早因為過多的猜忌——哦！那猜忌曾多次擾亂我睡覺，我輾轉難眠恭候過無數道晨光——胡亂地將始亂終棄的罪名扣在他身上，誤會了他這樣一個好的人，非但對於我，對於辛先生也又極為是件不公平的事情。對於辛先生和我自己，我們都需要歷練人事，好催化填補我們一段段過於美好到不真實的交集，淬鍊它，豐富它。我很難不想起辛先生，他活生生地存在好幾千百座的城市山巒之外，他現在或許在他那間幽靜又混雜塵味的小房間裏指導在我之後的男學生，我的課自然被後來的學生遞補上了，未來三個星期他會過得比平常要輕鬆吧，他可以早早休息。眼前進出醫院的人來來去去，過眼雲煙在跫音裏翻覆，一丁點就使人不由得長吁短嘆，不由得屈從稍縱即逝的現實，不由得映照出深處好勝無比的生機。

一個推著輪椅的家屬緩緩經過我面前，輪椅上頭坐著的似乎是他年幼睡著的小孩，吊著點滴；這穿著藍白拖鞋的人和我一樣是來自台灣的一個中年男人，他眉心間微微皺出幾道紋路，他停下腳步眐眐盯著我看了老半天，我理也不理他，他還是操著台灣國語停下來和我說話。他問我是不是從台灣來的？又問了那縣那市？還問我是不是來看病的？他說我看起來就是個道地的台灣人，我冷淡他自言自語、假惺惺的熱情和刺耳的故鄉事。他的皺紋是皺出來的，他有一個很好看的額頭，真令人討厭，我覺得自己還真是免不了地被侵犯，真多管閒事，半路認親戚嗎？就算是鳥事也要想辦法沾一點的討厭。我自顧自地打開包包，撥開二表姐塞給我的鑰匙牌脫水水果干，在散落的休閒褲和薄外套、皮夾及化粧品間翻出我的手機，一看，上頭顯示9通無法顯示出的手機號碼，我剎時高興地說不出一句話來，很激動，我驚嘆我的直覺精確無誤，對於愛情，辛先生和我一樣有相同的見解，我們果然是天作之合的一對。我打發那老伯，他對於我的冷酷無情感到相當吃驚。他嘴裏吐出個小小「幹」字剎那，我還真希望他活活地被氣死或噎死。

我坐在那裏開始專心研究該如何讓手機恢復到正常功能狀態且急於看到辛先生的名字。我非常需要知道是誰打來的，每一通都是十足地重要。我只差沒拿手機去敲牆壁，哎、上帝不會透過故障的手機捎來喜訊及辛先生的關心，我後來還是失望、放棄了，同時也在心中點燃另一個新生的希冀，照亮我暗淡陰冷的人生；回到大表姊家後，我要打電話給辛先生。我從來沒有那麼高興過，我知道我認識的人當中，僅有少數人來過英國，而且還是和旅行團一塊的，那種走馬看花似的旅行方式，辛先生要是聽聞我對這裏鉅細靡遺的敘述，會因我交遊廣闊而另眼相看，他一定迫不及待想知道這些，並且在這裏詳和地渡過我們的下半輩子。載我們來醫院的警察也終於從他僵硬的臉上拉出一條淺淺的笑線，那笑看起來也不像是真的在笑，我真覺得他裝模作樣的態度討厭，更不想在心中覆蓋住辛先生的回憶和臉容；我甚至沒理會那警察，無視他自討沒趣的樣子。

「你要不要讓醫生看看？」三表姊來到我身邊與我並肩坐在沙發上。她說醫生要大表姊留院觀察一陣子，她血壓偏高不下。我儘管樂瘋了，還能體會三表姊的心情，只是不知道該如何安慰她。發生了如幻似真超乎小說情節的事情，要開口說了，彷彿褻瀆神明般地褻瀆對方的精神狀況，生活一旦沾上怪力亂神的影響比未婚懷孕還來得令人印象深刻。而且，老實說，我心裏也根本裝不了任何雜物。

「你爸媽有沒有掛念你？」

我說，不會。

「我們一回到家你就馬上打電話給他們報一下平安，說你到了。」看來三表姊似乎以為我在安慰她。她真是錯了，連我也不很有信心他們會不會想到我。我父母還不知道二表姊的事情，三表姊堅持我一定得打通電話回家報平安；哎、我開始猶豫，在三表姊孤苦的神情面前，想該不該轉述這事還是只要像她交代的，報個平安就行了。若只僅遵從我三表姊的交代，報個平安，這將使得他們三姊妹孤立無援，無助茫然；但很快地我又摒棄它，覺得這個想法太悲情了，我們眼前不就有個警察隨時待命嗎!?而且我父母並不知道我背著他們來英國。我愛怎麼做就怎麼做，這是個極好的機會和時機，我腦海裏更是堅定要打給辛先生的決心。他們要真有心，就也該去警局備個案，總有一天找我找到這裏來。我還真不想二表姊被遺忘了，也許她獨自終老客死異鄉，我們再也沒有人能夠見得到她。我只是個置放在沙發椅上一件純然憂鬱塑造出來的物體，有一段時間陷入那種一點意義也沒有的恍神狀態，連我自己醒來後也感到訝異，一度以為是腦子碰壞了，但是沒有持續的疼痛和頭暈，便也排除了頭殼壞掉的可能性，我想，我只是單純地沈醉於醫院環境清幽而貪個休息吧。三表姊以為我即將睡去，她拍拍我的大腿，哄著：「等警察出來，就可以回家了。」

她的目光望向遠方，最後定在那位載我們來到醫院的警察身上，然後順勢落在白袍醫生和被她姊姊鼓起的床單上，而那警察看了看我們，顯得頗為愧疚，眉頭深鎖，頭低得比先前更低，看起來很心虛。我不禁武裝自己，上前和他理論是否有那個環節出了狀況？否則為何我和三表姊至今還滯留醫院？是不是我們早就可以回家了？也許大表姊根本身心無恙，一定是他暗中搞鬼，圖謀私利。說不定他們避輕就重三表姊夫涉及的刑責，要是一揭發出來肯定也登上報紙社會版。那警察走過來了，一如常態，令人感覺不到他是以雙腳行進，從容莊嚴地彷彿是職責所賦予的光輝吊送過來的，片刻之前內疚的神情也充滿了優越感。他俊俏的面容還真散發恩典慈光，正傳遞出我們該領取而尚未領取的恩惠，他接下來說的話拆卸我的心防：「女士，那麼，如果沒有其它需要和疑問，我就要載送您們回到府上了，有其它需要嗎？」

我想我是誤會他了，他不像是會做那種事的人。沒有人回答，他便選擇把頭轉向我，問：「還有其它需要嗎？」

三表姊也望著我看，他們都在等我回覆，我站在台下盡是一片掌聲前也有類似尊榮的感覺。我記得他的名字，賈斯汀，我接受他釋放出的友善，我感到前所未有的高貴。我的答覆很快地在心裏備了講稿，正要開口朗讀時，舌頭被牙齒咬著了，痛得跳腳，彎弓身子，久久不能自己，我想我當時一定是滑稽有餘，他和三表姊競相關心，耳際充滿每一個人勸我放鬆的建議，我聽到他充滿磁性的聲音似塵埃佈滿老舊書櫥，時間靜止的一個空盪盪的房間，冬日的陽光斜倚而春天也才剛來臨不久，像記起一片楓葉才正要轉紅時帶來的驚奇和頗少的疑問，還有人們對歲月充滿憧憬的追憶，辛先生家的客廳也很適合放一個淺色書櫥。

賈斯汀真的把和我們隔塊大玻璃的外科醫生叫來，那醫生倒也是配合演出煞有其事地我張開嘴巴讓他檢查，我儼然也參與鬧劇，覺得自己像個被人發覺是披件成人皮的小孩，挺不好意思的，我揮揮手拒絕還退離到他們伸手不及之處，和賈斯汀說我們可以回家了。

外科醫生無用武之處而落寞，我剎時害躁了，因為辜負他的好心而還有些過意不去，我不敢正面看他，一股熱也從耳根湧到臉上。這時，那醫生瞬間又凜然了起來，接著肌肉緊繃，全身硬挺，之前的熱情被我痛得堆累的淚水沖得一乾二淨，很快地又在那張空無的臉上注入一新的情感，端莊的，少了和氣，霸氣的。哎、他只是個關心我又素未見過面的醫生，他沒打算進一步認識我，他甚至也急於和週遭人表明未曾見過我，更不會想知道我的名字，我又害臊個什麼勁呢？我犯了想入非非的毛病。他的熱心也只是一個醫生對病人該有的熱心而已。至於賈斯汀也並沒有頒佈一枚體貼勳章給我，對於他，我沒有成功吸引到他注意我的與眾不同或是外貌，或是激起他的慾望；其實我長得還不算難看，但也不頂十分嬌媚，還算亮麗，我父親欣賞我高眺，但我不以為然，我想他的「高眺」不是指我。誰都不喜歡被拒絕。直到我和三表姊相依偎坐在警車後座時，無意間聽到他幾聲沈重冗長的嘆息，之後舒展他那令人臉紅心跳的四肢，我進而察覺其實他相當年輕，猜想他實際年紀和本性也許比他外表還年少還浪漫；工作時他不經意長長的吁息模樣流露出他性情質樸及自我，我總算明白他對我的關心是真的，並不是刻意要表現出當地人或身為一個警察裝模作樣的熱情，而我們之間也沒什麼太多不同之處。我於是誇他長得俊俏，我希望他有個快活的一天，我道謝他的關心時他笑了，後來不由自主地好奇起他的公事與職務，最後進一步問他是單身還是結婚了？他在竊笑。車內一片夠奇特的寂靜，氣氛還真有些怪，三表姊偷偷捏了我的大腿。

三表姊並沒有回到她自己的家中，她陪我住在大表姊家。到家後她曾試圖挽留我陪她在客廳聊天，但我精神不濟，她也就結束她的話題；我要離開時看到桌上的蒜香麵包，猛嚥口水，很想趁她不注意時偷偷帶走它，想吃又怯於開口，這時候三表姊恰巧問我：「你要不要吃一點麵包？我看你在休息站吃得很少。」

我聽了幾乎感動地要抱她痛哭一場，同時挺歉疚的，啊、我沒有惡意。我不可置信地要放聲大叫：「真的嗎？」我仍是故作推讓，希望她不要讀出我曾對它懷有壞念頭以及明白我在休息站時的心情而討厭起我來，我又拘謹又笑臉盈盈地回覆：「好呀，表姊，麻煩你。」三表姊說我是個懂得感謝又很客氣的小孩，我想這可是天大的誤會，不過如果三表姊喜歡，我便會一直「客氣」下去。我再次戚戚地推讓她的賞識並且讚美起三表姊良善隨性的本質好使自己不再成為焦點。我專注地看她撕開包裝紙，原本打算等她遞到我面前才伸手去拿，但沒想到她轉身走向烤爐，她在烤爐旁將它切得一塊一塊的，它們都被放進烤爐裏，烤爐發出孜孜的聲音。陽光太媚，隱約可聽見蜜蜂在花叢間穿梭飛舞，風在香氣裏流動，在幽暗的角落裏也可以看見堆放整齊的容器的輪廓。

「熱了才好吃，」她又說：「你先上去休息吧，好了我再叫你，到時泡杯牛奶給你，現在泡等一下就冷了。」我遲遲不肯走，她似也心意已決不再與我交談，於是我們就離開櫥房去做各自的事情。我上樓去了，一回到家以後，期待點心，精神卻也來了，一反先前的那樣疲倦，心情很好。但我也不否認自己曾經的確是她認為那樣看來真是疲憊地快昏死過去的狀態，只是不了解那時為什麼有那麼累。路上連一部機車也沒有呢。這才算是第一次真正親近英國純淨的空氣、陽光和水，我躺在床上嗅聞麥香味，直到與它融為一體。我這天晚上睡前依照三表姊的指示拿起話筒，三表姊在我吃點心時就再三吩咐我一定要打電話回家，但我那時感到見外又不好意思，況且她緊緊跟在後頭，不是打電話的好時機而沒撥，直到稍早時她又提醒了一次。

這次三表姊留我在玄關，她逕自進了客廳看電視。電話我是打了，我輕聲細語地打給了辛先生，幾通話音信箱後，終於有人接電話了，對方是一個我沒印象的女人，我聽都沒聽過的聲音，很難辨識出她的年紀，也很難從她說話的口音去推測她和辛先生的關係。她很親切，只是說不上是情侶之間的親密還是存在於師徒間相互的信賴感。我都不知道原來當辛先生的學生也是可以幫忙接電話的，一時之間我倒為此挫敗。想過去在辛先生家裏，我也只喝過他用家裏的馬克杯裝給我的熱茶，比起來，「辛先生的馬克杯」還真是微不足道極了，幫辛先生接電話才是件挺驕傲喜悅的差事，不是嗎⁉

我很高興有人應話，便興高采烈地透過她和辛先生相認，我說我是辛老師的學生，進一步問她辛老師在不在家。她結巴，打不定主意辛先生的去向，最後和我說她會代為轉告並且向我要了姓名；我開始猶豫了，除了遲疑，我還有不小的惶恐，我不確定說出我自己的名字是否妥當，這通電語就這樣慌亂的開始，最後沒原由地結束了。我放上話筒，八月的太陽晚上七點時仍然在廊外發威，照射進屋內已有夜的氣息，我回過神來想再撥一通，但在門口瞥見三表姊坐在電視前廣告了卻一動也不動，擔心她也許會聽見，而且我的心情也受了影響，我想改天再打比較妥當。我收拾好殘破的依戀，想過去挨在她身邊，躡手躡腳地走進去看她是否已經睡著了，在離她不一呎左右的距離，她忽然抬起頭來問我電話打了沒？她伸伸懶腰，我想她剛才肯定是睡了片刻。

「三表姊，你怎麼在這裏睡，會感冒的。」我盯看她的眼睛。

「累了，唉，休息一下，沒關係的。」她粗聲粗氣地問我電話打了沒呀？

我說打了；她那麼疲累，剛肯定是睡得不省人事，我有些失落她沒留意我，但心裏也直稱僥倖，她既是如此，就不會知道我打電話給辛先生。

「我打回家了。」我重覆道，聳肩，表現出一副率性而為坦然無欺又事不如願的樣子。

「他們有沒有說什麼？有說你到大表姊家了？」

「欸……。」我又慌又敷衍塞責，也不願意讓她知道；三表姊雖然不失她的關懷，看起來似乎沒有口頭上來得熱情，我索性坐下來和她聊別的，但她看來不只落寞，而且還悲傷，她注視我，和我說她還想多看一下電視後才要上樓睡覺，及至此，我有些孤單，便轉身要上樓去，她來叫住我了，問我明天可否陪她一塊去醫院？她說她還想去探望大表姊。我說好，然後就回房間了。

「有打電話回去啦？」她在我身後吆喝。我沒有回應她，我大力地關上門，讓她以為我沒聽見，我沒有說謊。我在床上翻來覆去，思緒始終圍繞在聽筒中那我未曾聽過的陌生女子的聲音，試圖要從過去抽絲剝繭揪出她的真實身份，野心很大，結果費解；我不認為辛先生有發展私生活的多餘時間，他很忙，要教課要開音樂會。她滿有可能也是學生，而且十分受辛先生喜愛和信任到可以代他處理雜務。我的個別課開始於下午三點，在我之前的一個鐘頭是芳岑，後來的是男孩子；那後來的男生似乎依他的心情偶爾多少在旁邊插上幾句無所關連的閒聊，我倒也聽過那芳岑說話，聲音雖然甜美但話講得強勢，一得理就不饒人，一個被寵壞又離不開媽的小孩，說話內容語意也不明確，見解乏善可陳，我多次在心裏笑她痴呆，辛先生不會喜歡芳岑的母親——像芳岑那樣個性的女人。對於那接電話的女子的身份，我還是沒有頭緒。

我在半夜醒來，沒有夢，也無事可做。

房間內有兩張雙人大床相互對立，大床間空出一道不狹不寬的走道，對面的床緣很突兀鋒利，像躺在床上看刀，怵目驚心。走道盡頭靠牆處是一個鑲鏡的梳妝檯，檯下有張和梳妝檯成組的小凳子。我想二表姊就坐在那裏打扮梳粧，每天早上能夠坐在可愛典雅的梳妝檯前打扮自己，心情一定很好。我醒來坐在床上，這裏沒有摩天大樓與人爭天，車子在這裏就像絕跡的遠古生物，很少，根本沒有，也不有意無意地影響路人，此時深夜則更別有洞天。除了比白日更寧靜以外，既使沒有星子為媒介，夜彷彿不時透過路燈呼吸，散佈出的古老氣息讓我想到白天非比尋常的際遇，頗能領略到存在於深邃天空中或是雨林裏不為人知的脅迫力量之衝擊，如果要比擬在台灣的情況，大概就是面對強烈地震時的慌恐後殘留下來的記憶吧。廣敞深沈的黑夜將一排又一排房舍壓得低平，只有不眠的樹，還有無聲無息的風，滋長的草地，還有不輕易被發現但存在已久的萬籟，原來這些驚人地被准許自由著。我移到窗前眺望遠方星夜無垠，隔壁房間傳來三表姊的打鼾聲；很奇怪地，我以為不久後看慣高樓大廈個性溫順的我會甘心再度睡去，很少看到溪流的我時常在橋上醉心大圳的清流，並且總輕易地將內心及情緒的負擔與不快遺忘掉；但今晚我沒有任何被魅惑的跡象，也沒有任何滌清後的舒暢感；也不知道是我的意識作祟還是被召喚了，我轉頭去，眼光不偏不倚落在梳妝檯上我以及二表姊的包包上頭，我注視它良久。漸漸地我想起脫水水果干已被打開了而且還沒有被拿出來，又念及搞不好螞蟻早在裏頭爬來爬去，也想到裏面當然也有我從台灣到英國一路上補充的各類食物和水。

於是我把包包都拉過來，我藉著窗外的光線，趕緊將二表姊在機場塞進去的水果干拿出來。這包所謂的「鑰匙牌」水果干的包裝還真很令人傻眼；一度使我很想哈哈大笑，是水蜜桃干，但上頭的鑰匙要比水蜜桃多，我猜包裝裏的水密桃干加起來搞不好沒有這些包裝上的鑰匙多。在我把自己包包內的食物都拿出來後，我開始一面吃水蜜桃干，也一面搜羅二表姊的提包。我像個神通廣大的神偷怪盜，憑藉專業判斷二表姊包包裏的各樣物品。我看到二表姊的皮夾後，很快地打開，拿出來數了二遍，裏頭共有十三張鈔票，然後抽走了二張；然後繼續翻找，我不確定要找什麼，也許是硬幣吧，我是該先找到零錢包。但我覺得根據二表姐的品味來說，裏頭的東西已經經過去蕪存菁這步騍，像從小叮噹的口袋裏拿出來的東西一樣，總能帶來美妙的生活和好心情，而我也不是大雄一樣笨得要死，至少二表姐的東西不會超出雜誌上所曾介紹過的範圍；所以如果沒有半枚硬幣的話，但能從裏頭掏出的東西，應該都是不錯的。

在幽暗的燈光下，我拿出一個又一個的小圓盒，盒子上頭浮雕細長的英文字體，我撮了半天摸不透它們是什麼，想仔細瞧個究竟，偏偏光線又弱得顧此失彼，不易辨識推斷這些小盒子上的標示，不能明白它們究竟是什麼東西。我也不知道房間的電燈開關在那裏。我後來拿出來排列把玩，算一下，它們共有九個，大小可分為二類：大圓盒有三個，小圓盒則有六個。我把它們三個一組放在床上，笑它們真像是二個衛兵看守一個胖女王。二表姐的包包裏面還有那面她稍早時候用來照射死者的鏡子，它不大也不小，實際大小大約是我的手掌尺寸大一些。沒有月光的此夜在它上面披掛了一層神祕的面紗，面紗下依稀可見的是一個相當英姿煥發的男人的面貌。我皺了下眉頭，不大敢相信自己的眼睛；因為它應該是映照出我的臉龐才對。於是我開始在從遠方投射過來的燈光下變換鏡子的角度，我很需要弄清楚鏡子裏的男人臉孔是我的錯覺才安心，只是滿滿霧白一片優雅的雪花遍佈，銀的鏡面溼暈地像是滿地的大小珍珠，散發白的潤澤，鏡裏的男人像是被畫上去的，始終沒有改變過；我拭乾上面溼濡的水汽後它就墨黑一片，黑得像頭頂後方一部份被收進去的夜空。最近的街燈離我大概有一百多步的距離，我把右手伸出去將鏡子攤在光線下，上半身越過窗櫺，正當要低頭去看它恢復正常了沒時，也看到前方屋頂上竟然站了位一身華麗蓬蓬裙的女孩子。她見了我便以迅雷不及的速度遠離我，她奔跑，接連跳過幾個屋頂，最後在我眼前像一個破掉的泡泡，消失在未暝的夜裏。我一失神，鏡子就墜到一樓的小院子裏，掉到玫瑰花叢中。我趕緊鑽進被窩裏，躲了好一陣子，但是什麼事也沒發生，我忽然想起了家，但別叫我回家去，我有一個色情狂父親，我母親是很薄情的傻子，我姊姊很自閉，那不叫家。扔掉鏡子的念頭被英國溫柔的風息所迷惑。

「她應該去拍電影，她可以和盧貝松聯絡。」我的確這麼幫她打算，我又從床上爬到窗台前，沒有柵欄的草坪在月光下像張猙獰的臉，我退了幾步，難以解釋她憑空消失。「一定有什麼我不知道的事……，」我走來走去，說：「她才會那樣『波』像泡泡一樣地不見了……，也許有人故意戲弄我；她其實是往下跳的，有人在下面接應，或是半空換裝，對，一定是半空換裝，但天太黑了我看不清楚，這是一種把戲，或是警告，他們嚇我，這附近一定有人知道我要來，一定是仇視黑髮的人，我白天得當心。」我又氣又怨那個在醫院遇到的台灣人，是呀，也許他知道那裏有專門處理這種事的牧師。

梳粧檯下方的櫃子有節奏地響起來打斷我的思緒，我根本就不敢轉頭去看。櫃子裏頭噠噠噠的傳出幾聲之後，開始「唰」個不停，有什麼東西正刮著裏頭的木板。我聽到毛毯上的腳步聲，不知何時那有著和大表姊同一個模子印出來的臉孔的二表姊似乎早已坐在床上有好一陣子，我見到她真是又驚又喜又怕，詑異她的出現，為她歸來感到高興，也高興她恢復原貌，我還來不及祝福，她便去打開梳粧檯下的櫃門，有具殘缺不全的人骨拿自己的腿骨敲敲打打，它從裏頭滾出來的時候那枯手還抓著腿骨，二表姊將它趕回去，她又關上櫃門，人骨在裏頭安安靜靜地待著。我不知道這間房間曾發生過兇殺案，而且屍體就被藏在這裏；我開始為亂搜她的包包向她道歉：「我不是故意的，我只是……好奇，我錯了。」

二表姊開口了，她並不為此責備我：「你用了它們嗎？」

我看了床上那大大小小的圓盒子一眼，回答她：「不，我只是拿起來玩而已。我沒有用。」我根本就不了解那些圓盒子到底是什麼東西，也已經不想了解。祈禱她別進一步去翻她的皮夾，否則她要是發現裏頭現金短少，那還真是尷尬。她對我的回答有些失望又感到釋懷，我看她一臉心事重重又想到在機場裏所有的事便關心她問她這陣子到那兒去了？她打斷我的問候，說：「我要離開這裏。」

「妳才剛回來不到十分鐘咧！大家都在找你！三表姊夫還在警察局！」

「我要到別的地方去。」她誰也不關心，更沒說將去那裏。門後好像有人在引導她，她直視前方並且站了起來，她去開門，走廊上空無一人，於是她繼續往前走下了樓梯；我勸服不了她，又怕她走得急，只好跟在她後頭。敲了三表姊的房門，她說她很累，有事明天再說。二表姊打開大門，在幾株高大的玫瑰花間一下子就找到那面鏡子。二表姊撿起鏡子，它一碰觸到我手時，一切就改變了。首先改變的是四週的景致，腳下的玫瑰花及草坪迅速地向四方擴張，空氣中響起鴿子咕嚕的叫聲和拍翅聲，風吹來一些萎黃的落葉，天空在麵包香味中亮了，是明晃晃地亮了，太陽黃得像銅鈴。我的腳掌被某種力量釘住。

出現在鏡子裏的男人現身了，我似乎曾在那裏見過那張臉，只是一時想不起來。他牽著一個枯瘦的小女孩這時經過我眼前，只是他們看起來似乎不知道我的存在。他摘下一朵才剛綻放的玫瑰花給小女孩；粉紅色的玫瑰很適合這位因為營養不良而醜得像老太婆的美麗小孩，她要是被妥善照顧一陣子後必然傾國傾城。她接過了花朵，臉上洋溢幸福的笑容。在他們離去之後，來了一個神情疲憊的老先生，他像是才掙脫繁忙的工作，站在玫瑰花前面感嘆攢出的休憩片刻，無法以短暫的歇息安慰他耗弱的精神。他將另一隻拿著利刃的手舉起來，只那麼看了一下子，淚水便奪眶而出，泣不成聲。我見他哭得很傷心而覺得他可憐，不知是什麼事情竟讓他那麼哀傷，卻一點也不同情他，倒生出某種正義感來，覺得他一定是壞事做盡才有此下場，他那落魄的模樣令我幸災樂禍和燃起不可一世的優越感。我放任他在那裏哭泣。當我的身體狀況逐漸好轉後，我一定要逃離這個奇怪的地方，只是，我的腳仍舊被奇特的力量釘住，動也不能動，連轉身都困難。於是我高聲叫「救命」；最初，心裏有些膽怯，也因為不想打擾身後在房子裏頭睡覺的三表姊，還有多多少少忌憚房舍仍矗立原地酣睡中的居民發怒，但叫了一陣子，沒有半個同排房舍的鄰居走來；我心慌了，便放大音量再叫了一陣子，這次室內還是沒有任何一盞燈被點亮；我想我要死了，開始使勁吃奶的力量尖叫起來。

我最後不得不向眼前悲傷的老伯求救，是呀，傷心歸傷心，但總還有些理智和人性尚在。他的反應很奇特，我不大敢確定他究竟為了什麼而移動腳步，反正，他正往我這邊走來。隨著他一步一步逼近，他臉上的表情也愈來愈猙獰，我原本感到高興的表情再也高興不起來了，他愈來愈喪心病狂地咧齒而笑，他用什麼東西刺進我的腹腔之後便退了幾步，當他明白他做了什麼樣的事後，他的淚水流了出來，他開始掉頭拔腿狂奔。我感到腹部漸漸失去原有的感覺與溫度，甚至開始變得僵硬，我歇嘶低裏地呼喊，在這個時候吵醒我三表姊也不為過。這時候，我的影子被倒映到了一塊暗黃色草坪上頭，我聽到身後的門被打開了又再次被關上鎖緊。是三表姊，但她又走了，我又氣又急，也懷疑她該不會沒看見我？

一個女人將她纖細的手指頭壓到我冰冷的嘴唇上，月光在她臉上凹凸的五官上了層森冷的色調，剛才的男人和小女孩都出現了，還有那個老伯在後面拖著腳步慢慢地走來。他們圍著她，獻上各式各色玫瑰花向女人表達傾慕之意，獻花的同時還說出那高貴的頭銜：「西珂芬娜小姐」。連我也痴迷西珂芬娜小姐的雍容華貴。可是我這個人什麼優點缺點沒有，就是好奇心肯定要比別人強一點。我細細地打量高貴美麗的西珂芬娜小姐，她的目光在夜裏反射出的是銀白色光芒，沒多久我那被戳破的腹部已經開始停止流血了。

「你還活著。」女僕打扮的女孩說，在她面前、躺在床上的吉普賽少女不知道為了什麼，不停地咯咯發笑。

「別笑了，只有死不瞑目的人才會淒慘地不停地笑。」她瞪著看起來不大正常、神智昏聵的吉普賽少女，她作勢咬人，眼睛充滿獸性，張著血盆大口，女僕把目光移開，那少女像隨時都能把她吞下去，她不敢看她，在離開時她對她說：「等一下我會再來，別把被子踢開了。」女僕特別用心照顧吉普賽女孩子，到那裏、做什麼事都將這少女帶在身邊。西珂芬娜小姐將那各式各色的玫瑰花瓣往我的腹腔塞，接著在裏頭亂攪一通，說也奇怪，除了又熱又漲到令我嘔心反胃外，一點痛楚也沒有。男人過來和她起口角，她狠狠用沾滿鮮血的手打了他一巴掌，我被這突如其來的舉動嚇到，男人屈服地單膝跪到她面前，漸漸變做一座雕像，他手裏的玫瑰花則還是活的。她好整以暇地檢視她那頭盤得整齊又漂亮的頭髮亂了沒，我滿肚子疑惑。黑夜吞蝕她狡詐的笑容，留下的一對野心勃勃的眼睛最後才消失。

「阿梅呀。」我聽到三表姊的叫聲，我虛弱地回應她：「我在這裏。」三表姊也回應我：「那裏呀？」

「我─在─這─裏─。」我真是要哭了。我奮力地扭動身子，說怎麼樣也不能辜負三表姊對我的關愛，想必當時我定是使出渾身解數才脫離那詭異的地方，因為當我掙脫了那股怪異頑固的力量後，跌坐在地上時，額頭冒汗，還喘個不停。

「妳在這裏做什麼？」

「我……。」由於三表姊有意堅持我得回答她，我一時也找不出理由，我說：「二表姊剛才在這裏，她回來了，然後……鏡子掉了，我下來撿……。」我正要繼續時，她像是受到了驚嚇，露出駭人的樣子，連說話的聲音也岔開了：「別撿了，快進來！」她話說得嚴厲，臉色鐵青，非常不悅。當我回到二樓房間時，她還待在大門前，一直在進了房間後，透過門縫也才知道她這時才關掉樓下的燈。

早上我從衣櫥旁邊爬起來後，我的肚子安然無恙。我昨晚是像流浪漢縮在角落睡了一夜。昨天的情形逐漸清晰明朗：我看見那個動作敏捷得不符合她體態年紀的女孩子，她在屋脊上奔跑，之後我下樓去撿鏡子，然後西珂芬娜小姐亂搞我的肚子，然後我回到了房間關上門，正準備睡覺。啊、我正準備睡覺時，她又出現了。她坐在屋頂上，旁邊站著的是侍候她的女僕。誰能知道預測將會發生什麼事呢⁉為什麼又出現了呢？於是那時我立即慌張地後退了幾步，我似乎原地站了有那麼幾秒鐘，接著一陣暈眩，我感到暈眩而寒冷，然後便昏倒了，一直到不久前才醒來。至此，我感到肚子裏頭有東西在活動，我撐大了嘴想把它從身體裏吐出來；我的嘴張得可是夠大夠放進我的腦子了，後來才發現只是我的錯覺。不過那女孩子在屋頂上敏捷地像隻青蛙就不是錯覺了，她跳來跳去，然後，不見了，她又回去召朋引伴。

我無法忍受這種事情，我躺回床上，心情久久不能平復，一想到那個西珂芬娜小姐又說「他們會一直跟著我」更使人頭疼。當要伸手去按摩太陽穴時，我發現了更令我不能忍受的事；我的右手手掌遍佈一片乾了的血液，暗紅色的手掌，濃厚地連紋路也看不清楚，我簡直就是快哭了出來。而我也相信我的手正在出汗，它太髒了會弄髒臉和被單。我跳下床，打開門，衝到隔壁的浴室刷洗，看著紅水不斷地被捲進水管，我的胃如同火爐裏噼叭作響帶紅的碳屑燒著其它臟脾，那顏色、那氣味、甚至那熱度，都是一個活生生的人才流得出來才會擁有的血。我把頭壓得低低地以免被鏡子照到，我避免再碰見他們，心裏頭一直問著手上是誰人的血，又厭惡它的噁心，又不懂為什麼會沾到我的手；我有種殺了人的幻覺。我搓了好久那又乾又硬的血跡才融化，血被水沖得一乾二淨後，那氣味還沒散去。我從浴室出來時看見三表姊的房門已經打開了，她已不在裏面；我想到我昨晚打擾了她，睡前還把門上鎖，希望她別來找過我，否則讓她以為我難侍候又防備她，那就挺不好意思的。我下了樓還是和三表姊說我見鬼的事，她叫我別胡思亂想，她不相信我我惱怒地馬上改口說是做了惡夢，不和她多說。我懷疑或許是我偷了我母親及二表姐的錢才有此後果，我不否認這是報應！如今我得獨自冒著生命危險去將一群古老漂泊的冤魂從死不瞑目的固執中拯救出來，我非得這麼做，根據街談巷議或是電視節目，道德勸說是無效的，得要有場置入性盛大的歡送會，紙錢，最重要的是聖經裏的祝禱詞，讓他們明白天堂才是最後歸處。看來我得找時間偷偷到教堂一趟。

我們正要出門時，賈斯汀載三表姊夫回來了。三表姊夫讓賈斯汀走在前頭，他們一坐下，三表姊便遞上了熱茶，賈斯汀欲言又止，他遲遲不開口，站在他面前我們每一個人可是比他都還焦急疑惑。

「我相信你們離奇的遭遇，」他一面從黑色袋子裏頭拿出錄音筆一面說：「這位先生已經和我說過了，我想請問，還有其它不尋常的地方嗎？」

「我見鬼了！」我向他求救，在場所有人聽了都動也不敢動。

「昨天，在樓上！」我也引領賈斯汀到我昨晚睡的房間，我打開梳粧櫃的門，裏面除了厚厚的灰塵之外，什麼都沒有，對面灰藍色的屋頂在太陽下發光，天空不時有海鳥掠過；至於床上的粉餅盒，賈斯汀倒是拿起來仔細了研究了一下，他還帶走其中兩個。他錄下我說的一切。

「還有其它嗎？」他相信我所說的事，他想知道得更多，的確，怎能草率結束呢，既然來了就真該待久一點。

「沒有。」我猶豫了一陣子才回答，我也瞄了枕頭一眼，鏡子就壓在床頭下。賈斯汀臨走前摸摸我的臉頰，我一時之間有想要握住他手掌的衝動，他離去時我還能感受到他殘留下來的體溫，他帶走一張二表姊的照片，不是我的。我的身體探出窗外目送他的車消失在街口轉角處。三表姊夫過去在餐廳當過主廚，在一頓豐盛的午餐後我便和三表姊到醫院探視大表姊。我們坐在巴士上時，我又憂又喜，三表姊是大好人，她在車上告訴我她一直想要有個女兒，巴士經過一家服飾店時她還信誓旦旦將要帶我來買衣服，接連問了我尺寸和款式相關的事，但是我無法順應她的要求當她的乾女兒。下午我們就幫大表姊辦理出院手續了，她只是犯了血壓升高的毛病。

第七章　艾蜜莉亞

譚梅的敘述

（台灣某高中音樂系學生）

我離開大表姊和三表姊時，她們正提到我的名字。也許我不該和她們說我要去找賈斯汀後又改口稱要去找朋友。

「他是你的朋友嗎？」

「欸。」他是撫過我臉龐的「好」朋友。

「來這裏之前就認識的？」

「不，在這裏認識的……，哎喲……。」

「你們說過話了？有出去一起玩？」

「對呀……，我們說過話了，他人很好。」我說。我離開前吩囑她們要多保重，心裏的自由如花瓶上的蝴蝶，我看到窗戶已經被推開了，我隨時都可以飛出去。我還和表姊們保証我會儘快回來；我就這樣又圓了一次故事，她們聽了，半信半疑，但總之我自個兒出門了。哎、大表姊一聽到賈斯汀這人，那惡狠狠的目光就可以把死神殺死了，我想她不可能知道我見鬼的事。我私下探問三表姊：「大表姊似乎不大愛我和外國人講話，為什麼呢？」三表姊說我想太多，她又害怕又厭惡的神情使我憶起稍早時我說我見鬼了的情形。三表姊忙著解釋她大姐沒有那個意思，她只是擔心。三表姊知道我要去找賈斯汀時，還故作高興的在大表姊面前直嚷嚷：「去玩呵，年輕人就是有活力，」她拍了她大姐一下，又繼續道：「我們可以自己回去，妳不要擔心，我們這裏很熟，哎、我們在這裏住很久了……。」大表姊頗不以為然，「嘖嘖嘖」幾聲後開口說：「去呀，去呀。」

我確信她並不以為我是隨便的人，她沒有生我的氣，大概就認為我年少輕狂。她這句話像裝在我腿上的彈簧，使我更是一股作氣直奔出醫院大門，直奔幸福的未來。我從來沒有那麼幸運過，真是個好兆頭，我及時趕上了那輛駛往機場的巴士，我坐在駕駛座正後方，嘴都笑酸了，心裏頭緊張又十分興奮不已，手抓著前方的椅背不放直想著要下車，每停靠一個站，司機就拉長他臃腫的脖子從後照鏡看我一次，三個站之後，我感到司機有趣終於忍不住噗嗤笑了幾秒鐘；司機甩了甩梳得整齊的頭髮，他進一步問我要去那裏？我羞於回答，結結巴巴的，又不敢說第二次，鄰座的乘客為此感到惱怒，我就更噤不敢言了。司機一路上倒也特別留意我，我想他大概沒聽到我要去那裡，因此也感謝他寬宏大量，我轉而欣賞起他喜歡我及肩的黑髮。我在車上已暗暗擬好和賈斯汀說的話，的確，他看到我站在警察局時還真是挺詫異地。雖然我多少落寞見的人並不是辛先生，當賈斯汀他大方揮手向我示意時，在我跑向他剎那，我感到衣襬的輕柔飄動，我感到風充滿髮裏衣間，我感到騰雲駕霧的大能，要不是他的手稍微礙事，我想我會奮不顧身地跳到他身上，他會接住我。我和他說是為了見鬼的事來的，當然，這是一半的謊話；他叫來艾蜜莉亞，一個紮著兩條長辮子表情嚴肅苦悶的女孩子，他要她帶我到她的住所去，賈斯汀在下班後會到她的住處接我。

有點失望，但不算太糟糕。

「艾蜜莉亞是我朋友，」艾蜜莉亞是個很削瘦、看起來家教嚴格的女人，死氣沈沈的辮子垂到腰際，麻黃色的毛髮在光源下毛躁亂竄，豐厚的嘴唇浮腫在灰白的臉上，臉色很差，遠遠就令人以為來了個長三眼的幽靈。亞蜜莉亞抱怨她失眠，賈斯汀以一種遞交護身符似的鄭重態度說：「她會安排……，艾蜜莉亞，艾蜜莉亞！」賈斯汀喚醒她的注意力，艾蜜莉亞正要拉著我離開時，我扭開她的手。

我凝望他，在他面前，他是什麼樣的容器我就貼附著他變成什麼樣的形狀，就算淚水落到了地上，蒸發了，也還是來自我的肉身，離開前我問他他生不生我的氣？我竊喜他對這話感到納悶，我含情脈脈說：「我只想告訴你，我很開心。」

「我也很開心。」他說；我得等他下班，艾蜜莉亞帶走我。

「我跟妳說過有危險……。」我聽得一頭霧水，艾蜜莉亞用幾個簡短的詞提示我，但我還還失魂落魄，什麼也想不起來，她說：「飛機、少女漫畫、危險……，」她吐出一口氣問我：「妳知不知道會發生什麼事?我不知道呢,嘿……,妳該不會忘記我了吧,我那時就坐在妳旁邊。」坐在我旁邊,讓我氣憤到快失控到要對她尖叫的女人,我恍然大悟,我看她一本正經,驚詫事態嚴重,這際遇同時也使我私自思忖賈斯汀命中註定與我相遇。她是賈斯汀信賴的朋友,我記起和艾蜜莉亞有關的一切,為了賈斯汀,我心平氣和問她:「可是……,妳後來不是說不危險嗎?」

「妳和他是什麼關係?」艾蜜莉亞問,我想她的意思是指我和賈斯汀;我瞟了她一眼她不明講我就不打算主動回應,況且我們今天也才認識,這敏感的問題未免也太來勢洶洶。她的表情很猙獰,我們那時正經過一家女裝店的櫥窗前,我深深被裏頭許多大小不一、被塗成橘色的保麗龍球所包圍著的一件雕花象牙白小洋裝吸引,穿制服的女店員手臂上掛著一件嫩綠花洋裝正與顧客交談,她沒空理會我們。

「我告訴妳,」艾蜜莉亞氣得牙癢癢的,她警告我:「他結婚了!他妻子瘋了!」

我聽了一陣天旋地轉,又失落又同情她,覺得賈斯汀很可惡,他應該趕我回家,我真是無辜極了,我極力撇清:「哦,是嗎?我不知道……。」我話沒說下去,我不知道我該說什麼。艾蜜莉亞很滿意我的回應,她大概暗自僥倖我看來是不會與她競爭的那種人,她的心情好了起來,她低頭去翻找包包的某樣東西時,我尋找遊樂的地方,我發覺街上靜得出奇,最後一個人走進巷子裏去,鴿子振翅飛離撒落一地的飼料,倉荒四散。

「艾蜜莉亞……,艾蜜莉亞……。」

艾蜜莉亞消失了，街上只有我，或許這個鎮上只剩下我，我漫無目的地走看，這裏連一絲風也不存在，太陽的溫度也很糢糊，雲在原處，我像從現實的世界走入一幅圖畫中，不，應該說是按照實際比例大小打造出來的模型裏。門外有貓頭鷹立牌的咖啡館裏的餐點香溢誘人，我進去恐懼地吞下一顆泡芙，然後坐下等死；但是我沒有死，還因為飽足和華麗的口感感到前所未有滿足。我在裏頭品嚐各式各樣的甜點和飲料時，想起那件象牙白小洋裝，漸漸有了行動力。我躡手躡足地走回女裝店，還帶著沿途捨起的一把木凳子，心想如果門鎖著的話，那我就要破門而入。門沒有鎖著，但我轉開門把的手是溼而抖顫，門一開，芬芳的香氣發自室內幽暗之處撲鼻而來，它們很快地吸乾、捲走，最後終於一滴也不剩。

通往櫥窗的門是鎖著的，我做好準備，使勁往玻璃門一擊，一下子就砸出了個大洞，我以為聲響會驚擾到不知處的人過來，我躲起來，接著小心翼翼地在門邊左探右看，四週仍舊是一片寂靜。我很迅速地將人偶上的小洋裝脫下來收進我的包包裏，我走在街上，開始為身陷困境而焦慮，我正要往那人消失的方向走去時，我看到艾蜜莉亞的凌厲的眼睛，她的手已經扣住我的手腕，她驚人的清秀的臉龐充沛少女一般的活力，她抓著我的手斥責：「什麼叫做妳不知道⁉」

肯定是時空錯亂，那我頭腦又怎會清醒呢？她氣極敗壞，我幾乎要昏了過去，我強振作和她說她剛才就說過賈斯汀已婚的事。她拉高分貝：「對，賈斯汀結婚了！他還有個瘋太太！妳最好永遠記得，別裝傻！」

「可惡，我根本就不能和妳提這種事！請原諒我。」她不滿，我無言以對。

我扭開她的手，手垂放在鼓起的包包上時，我幾乎嚇得要跳起來，而那櫥窗後的玻璃門著著實實被人給敲出了一個大洞，笑容可掬的女店員已經花容失色，她跪在地上高舉的雙掌捏成碗狀，我看她看傻了，艾蜜莉亞拉著我趕往她的住所，一路上她都在抱怨，叨唸的還是賈斯汀已經結婚的事，我不禁思索，要是艾蜜莉亞又逼迫我在這事上表態的話，那我該怎麼反應才能使她永遠閉嘴不談這事？艾蜜莉亞的房間在樓梯旁，快和牆面一樣大的窗戶是特別請人打出來的，豬肝紅的窗框和窗櫺令我不舒服。床邊有一張裝有輪子的小桌子，地上鋪了黑白方塊相間的地毯，她將室內唯一的傢俱拉過來並示意我就坐，我將包包放在桌上，學著她盤腿而坐。瓦藍色的牆角有一排鑲原木的凹槽，在一棵盛開的綠色植物上頭是一個透明匣子，裏頭收納一條黑色十字架鍊子，艾蜜莉亞急躁地將那枚古老的胸針放進去，我再次思忖說不定她還非常厭惡我，對我懷有比情敵還深的敵意。

「賈斯汀結婚的事妳是聽誰說的？」我裝出漠不關心的樣子，視線停留在牆上的一張古老繪著盾徽的家族譜，最後落在族譜下方的百寶箱。百寶箱一模一樣的有兩只，鑲有綠寶石和紅寶石裝飾，非常厚實堅固。我好奇地用指頭擦拭了一下，是銅製的，上頭佈滿了一層灰還有薄薄滑溜的苔衣。

「那是假的……，他已婚是事實，我還是他妻子在社區大學的老師呢，他那個妻子，哎……，」艾蜜莉亞揮揮手，看得出來她鄙視她，不大想提她，但我還是忍不住追問下去，她說：

「病懨懨的，肥胖，披頭散髮，像個巫婆……。」她猛灌開水，拿開杯子後，顯得非常掃興：「算了，不說她了。」

「我真想認識他妻子，妳見過她嗎？」我根本就不想認識賈斯汀的妻子，我只是想明白世界上到底有沒有這個令人妒恨的女人存在，只是想看看要是真有這個女人，那麼她是以什麼態度去維持那可恨的女主人身份；一想到賈斯汀或許如艾蜜莉亞說的已婚這件事，心裏頭那對於活著的慾望也就變得較沒有傾慕死的憧憬要來得理所當然，太陽在薄霧後面糊成一片，太陽的位置也令人無從了解現在的時間；時針走得好慢。

「我一直覺得不對勁呢……。」艾蜜莉亞說。她不安地在我身邊坐下來，歪著頭，認真想著某事，她壓了壓頸子後面的經絡，舉止像個久被遺忘的木偶一樣遲鈍，她放下茶杯，兩眼直視，慢慢將頭轉過來望著我，最後目光越過我落在被擱置在桌上的包包。她在我面前打開包包，抽出裏頭美麗的象牙白小洋裝，我壓抑已久的情緒終於爆發，我欲哭無淚：「我不知道它為什麼在裏頭，天哪，請妳別報警好嗎？」

「我就覺得賈斯汀已經結過婚的樣子……。」我爬去將那小洋裝收在懷裏，我抖一抖衣服，聲音在發顫。我跪在地上，手上是攤開了的裙襬，拿起來珍惜地樓抱，陶醉洋裝的一針一線。儘管我沒有成功吸引住艾蜜莉亞的注意力，然而艾蜜莉亞也不再關心我手上的白洋裝。

「可以借用廁所嗎？」我問。艾蜜莉亞沒有回話，她眼神呆滯指了個方向，然後低下頭繼續翻找我包包裏頭的東西；她那麼認真到底要找什麼東西呢？她既然沒有報警的打算，那麼，只要它們再被放回去就行了，我已經不介意了。我換好了洋裝走出來，站在牆上的鏡子前，整整衣服，視線久久無法從鏡中的人身上離開。對於我的轉變，艾蜜莉亞吃了一驚，她吃味地表示：「妳最好能脫下它。」當然，我當然脫得下它。我瞪了這心胸狹小的女人一眼；在還未全然滿足之前，我是不會輕而易舉地換回去；如果有人問起這衣服的來源的話，我會說是朋友送的。艾蜜莉亞不斷地在旁邊數落我的不是，她認為我買不起這樣衣服，我叫她閉嘴並且反駁她憑什麼質疑我？比起閃避我父親偷偷摸摸順利簽收網路商店寄來的包裹，艾蜜莉亞更使人不耐煩。幾十分鐘之後我將衣服換回去，一屁股坐回原來的位置。

鏡子被拿出來了，在陽光充足的室內呈現橘紅色的光澤。

「這就先寄放在我這邊，別對任何人說起。」

我聽了怒不可遏，我可不同意她：「這是我二表姊借我的東西，我回去後要歸還她的！」艾蜜莉亞問：「妳二表姊消失了，不是嗎？」

「就算她消失了，這也不是妳的東西！」她說得理直氣壯，我正要站起來搶奪時，艾蜜莉亞的手壓在我胸口上頭，說也奇怪，我逐漸失去氣力，原本撐住身體的手臂也漸漸攤平，她將我壓在床上俯身凝視我，我動彈不得。不一會兒我感到頭暈目眩，她輕柔地梳理我的頭髮，她一撫摸我的頭蓋便有股暖流流入我空了的軀體之中，我又開始有了新的生命力，血液沸騰，快速地流動，和二表姊並肩在溪流旁那時的手被濺溼，精神也振奮，但在艾蜜莉亞的面前，那奮起的精神被厚厚的鏡子籠罩住，野地不止的生息彈性極佳，現在它矇住感官所有出口和入口，我大口大口喘著氣，我感到非常疲倦，我閉上眼睛。她要我睡我就真的睡去了，我醒來時房間裏只有沮喪的艾蜜莉亞坐在地上，她哭過，她看我起身坐在床上。天色比先前要暗，我厭煩艾蜜莉亞，賈斯汀沒來接我，我和她說我出來太晚了，是時候該回家了。我拿起包包，要開門時發覺門是鎖著的。

「把門打開，我要回家。」但艾蜜莉亞一動也不動，她憔悴告訴我說賈斯汀沒有來。我的心隱隱作痛，我也失望呢，我說：「也許他有事吧。」

「對，有事，他妹妹消失了！他去忙他妹妹的事！」

艾蜜莉亞拿來鑰匙，打開門鎖，她招引我過去：「來，」她說，我好奇地跟著她來到走廊盡頭的房間。艾蜜莉亞將髮夾插入鎖孔裏，搗弄一番，門開了，我們走進去，我跟在後頭，心想身為妹妹，對事物的愛憎應該不會和哥哥的嗜好相差太遠才對。

我這天穿小洋裝回家，步伐不穩地走在街上，幾乎是一拐一拐地前進。我想我一拳就能打趴艾蜜莉亞吧。我們偷偷闖進的那房間正中央有面穿衣鏡，一陣穿堂風把蓋在上面的白布吹落了，我一見那鏡子就使我聯想起那美麗的小洋裝，我環視四週時心裏頭滿是疑惑，我不大確定我真的想探知什麼東西，我懷疑我是否該進來？房裏亮橘色的沙發椅一塵不染，深褐色的櫃子上頭有白色發亮的細頸瓷瓶，電視機上頭有生活照，只是嗅不出有什麼特別令人印象深刻的氣味。

「我該走了。」我經過樓梯，來到艾蜜莉亞的房間前，我推開門，在後面目送我離去的艾蜜莉亞拉著我尖叫：「妳要幹什麼？」我說我的鏡子在裏頭，我要拿回它，然後回家，我苦口婆心和她說我出來太久了。艾蜜莉亞衝進去從透明的匣子裏取出鏡子，我們繞著小桌子相互追逐，然後她跑到走廊，地板響個不停，有住戶在抗議，印度人走出來看了一眼但很快地又再度關上門，我撲倒艾蜜莉亞，坐在她身上，她堅持不交出鏡子，我便開始掐她脖子拉她頭髮，她哇哇尖叫，摀臉大哭。我想我的氣力應該不致於讓她疲軟得站不起來，反正艾蜜莉亞這個女人在我換好小洋裝出來時她還是躺在地板上哭泣。我回大表姊家後才想到那些換下的衣服竟然留在艾蜜莉亞家裏頭。我在街上遊盪，還頗膽顫心驚，是由於艾蜜莉亞駭怕的表情擾亂我的心情，除了行進時的雙腳，身上無不一處是軟弱無力的，哀愁也淡淡疏疏。我坐在被五顏六色的燈光裝飾得華美的水池旁，天黑了，成群的年輕人躺在地上摟緊睡袋，打算就地過夜。我想算了，艾蜜莉亞要怎麼說就怎麼說，和賈斯汀的事完了就完了，遲早要回到過去的生活，我不愛賈斯汀吧，那不是愛，幾年後和別人談起這浪漫史也被嘰笑根本是「縱慾」，找他是為了見鬼的事也還真是一半的謊言。

晚上我打電話給辛先生，接電話的還是之前的女人，她告訴我辛先生去美國。

「什麼時候？」女人說應該是上週的事，她還問我之前是不是有打過電話一次？

「我這是第一次打……，那他的課怎麼辦？」我裝作平靜問。

「不是都調了嗎？」電話那頭有門被打開，一串高跟鞋噠噠踩過地板。

「老師真的去美國嗎？」我認為她在說謊。

「對……，他去美國。」

我們靜默了好長一段時間，我想事到如今，也不能不相信這種事。

「喂……，還有事嗎？」

我不想輕易地掛上電話，我語氣哽咽，我還向她道謝：「沒事了。」

「再見。」女人重重地掛上話筒。

第八章 科爾切斯特（Colchester）的海鳥

賈斯汀的敘述（英國警察）

有人進來過。我將掉落在地上的布幔重新掛回鏡子上頭時，艾蜜莉亞站在她房門外遠望我，她手環抱胸前，很不高興。我刻意對她擠眉弄眼，她還是不為所動；地板上有根女人的長頭髮。

「妳有聽到任何聲音嗎？有人來過。」艾蜜莉亞說沒聽見任何動靜，就一如往常一樣，這裏不會再有對案情有幫助的蛛絲馬跡。

「你那天怎麼把她丟在我這兒!?你怎麼能夠如此！」我趴在地板上停止搜索，我問她：「她應該很好相處的吧，難道不是嗎？」

艾蜜莉亞和我說她們起了爭執，接著兩人就打起來了，她被壓在地上，差點失去了性命，她說那被惡靈纏身的女人贏了。我聽了，抓住她的下巴，轉過來又轉過去，她的臉頰上是有些抓痕，還挺無傷大雅，我將襯衫拉出來，問：「還有事嗎？」我們離彼此僅間容喘氣的距離，艾蜜莉亞的瞳孔裏沒有我的影像，這不再是我一度以為的錯覺，那是一個女孩子和一個女人的影像。她們僵硬的表情雖然不全然像雪倫，卻都透露出似曾相似相當執迷不悔的慾望，令人害怕得動也不敢動，以一個醉酒的人的能耐將其它人捲離原有的生活。

「為什麼……？這很奇怪，艾蜜莉亞，妳看得到我嗎？」我鼓起勇氣又問她：「為什麼妳的瞳孔裏沒有我的影像？」艾蜜莉亞聽了很困惑，發神經似地嘲笑我，為了証明我所言不假，我推她到鏡子前。

「別動，看前方。」我指示她。

在鏡子裏頭站的人不是我和艾蜜莉亞，而是艾蜜莉亞及一個小女孩和一個女人，小女孩的手伸出鏡面，那是一雙潤白如柱的手，在它們身後是一望無盡青翠醉人的草原，它們一搭在我的臂膀上，溫暖如小麻雀，上頭淡粉色的指甲有血噴射出，濺了一地；我後來察覺那是我的血，皮開肉綻地，袖子破了，那被鐵爪子劃到的傷口就大剌剌地在光天化日下裸露，太陽照在上頭，就燒了起來的痛疼。艾蜜莉亞把我拉回現實世界，她和我說：「我懷孕了」；噢、她幹的好事！要不正是如此，在我逃下樓、坐到車裏後，我才不會又因此跑了回去。我回來後站在樓梯口和艾蜜莉亞保持一段不遠不近的距離，鏡子明淨，地毯上的血漬在瘋狂地叫囂，我想她太激動了；艾蜜莉亞臉色蒼白，身形單薄又氣若游絲，我萬般不情願對她說：「妳真的沒辦法自己行走嗎？」啊、她只要一點力量支拄她削瘦的身體就行了。我扶她回她的房間，然後待在那裏直到她好轉為止。艾蜜莉亞睡著時我帶著她房裏唯一的桌子（她那裏甚至連電話也沒有）又再度回到雪倫房裏，鏡子，就像我平時會做的那樣，那布幔已經蓋在上頭了，我想是艾蜜莉亞蓋回去的，布上有血手印，我扔掉桌子，將布和地毯帶回去化驗。

我回到家時已能接受她懷有我的小孩這事，腦子想的都繞在她倆身上打轉，便興奮起來。睡在客廳沙發上的安妮早已起身，她背上的靠枕露出一大半，她的身體斜斜地傾倒在另一個較大的抱枕上頭，她看見我回來，眼神因欣喜散發光輝，她的嘴唇和雙頰卻還是頑固扮ｎ字，鬆軟的頸子上歪垂的頭顱向下滑動，重力的緣故使它滾向右邊又從右邊滾回左邊，這個意思是說她不舒服。我過去將她背後的靠枕塞回去，她微冷的手輕輕地碰觸到我的手，我前臂抽痛，我很快地直起身子來。

「襯衫……，你出門不是穿這件……。」

「我換了，別胡思亂想，妳要坐起來嗎？」我拉拉衣襟，我不看她，去看左右兩截袖子，乾淨透白，這是件亮眼的淺灰條紋白襯衫，它的確是白的，無瑕的白，當然，灰條紋很細微。安妮似已猶豫了有那麼一陣子，她等待我，當我又面向她時，她立即煞有其事鄭重地宣佈：「我來泡杯咖啡。」她血壓低時簡直就連一句話也說不完整。

「哦，好的，咖啡不加糖。」她撐著身體像艘貨輪划向廚房間時，我和她提到詹姆斯的邀約，她沒有回話。我回來坐在她方才躺的地方展開大腿放鬆自己，同時等著她泡的咖啡，一閉上眼睛心裏頭便不由得喜孜孜了起來，烤肉會，線索，孩子，都來了。她往前走去，走的路線也不是筆直的，感覺起來像悶燒的火堆上飄散無定的煙，我想她隨時都會暈倒，我趕緊走到廚房去。

「如果妳要去，我就和他說我們要去。」我倚在廚房的門邊說。

「我……我不確定，我不知道，你去就好了。」

「不，要去一起去。」安妮聽了，手摀住胸口，怕心隨時會碰出來。我手臂上的傷口都流出膿水，流到手掌上了，肯定是缺氧正在發炎的關係。

「我，我能出門嗎？」我說她當然能夠可以出門，她閃避我的目光，踮腳去拿頭頂上櫥櫃裏的杯子，不知怎地，杯盤摔落碎了滿地。

「不，我不喝了。」我和她一塊收拾殘局時我說，撿不完的碎片，我放棄喝咖啡。我拿來掃帚清掃細碎片時看到窗台有幾個洗過的杯子，待在窗台像大門牙，心裏真挺不是滋味。手臂上的傷口隱隱約約抽痛吸走我所有的活力，我無力使喚，真不曉得玩巫術的艾蜜莉亞的手是否帶著致命病毒，儘管傷口看起來並無與眾不同。我想我還是先處理傷口。

「醫藥箱在那裏？」我問。安妮回應的話全糊在嘴裏，我獨自走到客廳，接著轉向臥房，但我很難從成堆成堆的東西中找到醫藥箱，只能憑藉過去的記憶猜測它可能的位置，隨機翻找，徒勞無功。

「妳就每天不能稍微整理一點嗎？」我甩擲一件像是襯裙的東西，怒吼：「醫藥箱在那裏？」安妮無法高聲回應我。洩氣得很，我三步併兩步邁開步伐走回廚房，她還在撿拾碎片，她的影子縮攏成小小的一團黑，我忽然這才記起她不會意識到發生了什麼事。

「醫藥箱在那裏？」我抑制即將爆發開來的情緒和衝動，內心某種衝動和她混沌的雙瞳一樣無法形容，只有後來在浴室裏鏡子前，我略為衡量出一個新生兒的大小時才明白那莫名的衝動，它和早先對艾蜜莉亞的釋懷及喜悅都是過多模仿與推測的慾望，不再是幻覺，是真的。

稍晚我到醫院去讓醫生看過傷口，也只是一般割傷。

我害不害怕那鏡中的幻影？我一直都很害怕，只是一念及這恐懼和雪倫的事也許是一體兩面的，一明白這，我便在出口前的甬道裏；艾蜜莉亞，艾蜜莉亞，我偷偷呼喊的這名字，我要聽一聽艾蜜莉亞做愛時的笑聲，我會跟在她後面內心充滿滿足與感謝，我也笑。

客廳的桌上有另一份被吃了幾口的中國菜和沒開瓶的柳橙汁，螞蟻繞過它們。安妮躺在我旁邊的長沙發椅上，頭部以下包著毛毯，毛毯上還有薄被子。要不是她的胸口又升又降，看起來還真是死了一樣，只要氣溫再降一些，她也許就停止了呼吸也說不定。電視機是關著的，只有聽得見那屬於自己咀嚼食物時發出的聲響。食物的氣味，從以前到此刻一直都令人心曠神怡。

「妳要不要去詹姆斯家的聚會？」她的眼睛緊緊瞇成一線，光線進不去也出不來。

「我改天再問妳好了。」我瞄了那氣若游絲的女體一眼，在沙發上睡癱了。隔天我和詹姆斯在殯儀館裏碰面。法醫告訴我們尼克生前有鴉片癮，此外血液中還有眼鏡蛇毒液。

「可能在運動後，例如走路，」法醫一面說一面掀開遮屍布，老先生他吐掉了一口痰，接著說：「加速體內循環，毒液一發作，所以掛了。」

「他被蛇咬過，需要來段貝多芬嗎？命運交響曲如何？」法醫轉開桌上外接喇叭的小型ＣＤ隨身聽，哼了幾個音節之後，佈道他的生命真諦：「脈膊就像這幾個強而有力的拍子，激昂地，強烈地，撼動人心。」

「有沒有聽到？有沒有聽到？」他開始指揮著，由於力道過猛，稀薄的長髮一度遮住他的視線，他把它們甩到腦後，他自己漸漸地陷入某種陶醉狀態，手也一直沒有停止過。

「他有沒有家族心臟病史？它也許是……。」詹姆斯把音量轉小，他的異議就是我的異議。

「被嚇死的？」我接詹姆斯未完成的話，他站在一旁，我察覺出他想掐死我的衝動。法醫意味深長又欽佩地看了我一眼，他短促地輕哼一聲，停屍間裏凝制的空氣就又開始流動，有穿堂風吹來，那空氣是無味的，像針一樣地尖銳，冰冷。

「他是被嚇死的。」法醫語氣堅定地証實我的直覺無誤，我當然也告訴他這是我的直覺，其來自經年累月的觀察歷練。我的精神受到激勵了，這激勵如同我收集到的當事人的証詞一樣（除了錄音筆錄到的內容），也一同釋放了我的靈魂，坦白了其實我在「去」與「不去」兩極間擺盪觀望，潛意識裏抗拒期待已久的新發現，抗拒悲戚苦楚，抗拒這件事的存在性。我只想保持中立，讓在內心搖晃不止的鐘擺逐漸趨於靜止，那麼，任憑另一種海闊天空的日子順勢出現；但是如果要開車到那地方，也多多少少總是沒事比有事好，我要在車上高歌，就好像人家說的：「追逐地平線很勞累，但停下來更無聊。」至於雪倫的失蹤，我覺得我可以不用那麼鑽牛角尖，我現在已經將那些惡夢當是放出來的屁一樣，保持一種順勢而為的態度也很恰當，我累了，也算是尊敬死者，老實說，一個女人被一群頭腦正常的人証實憑空消失了，雪倫自然也有不存在於這個世界上的道理。那死人的手臂比木頭還冷，有一隻螞蟻在臂上徘徊，想從細小的傷口鑽進去。

「不是心血管疾病……。」詹姆斯把螞蟻撵走。

「你看看這老兄的表情，徹徹底底交代出死亡一瞬間發生的事情，只是……一個笨蛋助理，就是她，」他指坐在工作檯、很快地把抬起的頭低下去的短髮女孩，他責備她：「弄錯了資料，豬頭都知道人臉才沒那麼腫，」他拉高音量，又說：「竟然還發得出這種連豬頭都不會誤放的資料！還好被我發現。」

短髮女孩錯放了別人的資料，她滿腹委屈不甘示弱自清：「昨天他的頭才沒那麼腫……。」

「連豬頭都知道看相片！反正，現在你們兩個得親自跑一趟……」法醫看了一下資料，告訴我們目的地：「科爾切斯特（Colchester）。」

「尼克先生的銀行資料裏有一大筆金額存入，也許有關係。」我說，並將資料擺在詹姆斯的視線內。

「還真是神奇呢，真是觀察入微。」詹姆斯恭維道，他承認自己是輸家，說：「哎，輸了，連同今天的，明天一塊可以嗎？他到底是受到什麼驚嚇？連命都嚇飛了，還有毒液……，我以為這事就這樣結束了，正想好好放鬆呢。哼！如果那傢伙是我妹妹，我一定打瞎她的眼睛，那個短髮女孩！」詹姆斯輕蔑我抗議他言語過份暴力的眼神，他也高興我釋懷雪倫的事。接著他開始說起他上班前聽到的一件趣聞。其實也沒有什麼，就是他兒子今早告訴他他把一隻青蛙放到一個喜歡的女孩子的書包裏頭；然後他又描述到他見過他兒子的小情人，那女孩子是如何機靈，在他面前讓那愛慕他的小男孩自尊心受損。

「在這方面她就很差了，她並不知道我兒子喜歡她。」

「小詹姆斯沒說嗎？」對於這件與我不相干的事情，我像在自言自語。

「他打算她生日的時候告訴她，就快了，下個月。你們來不來呢？」

曾幾何時，我和安妮熱烈單純的兩小無猜情誼已走調，變成現實生活的追逐戰，很難理解到對方的需要，過去無悔的付出和那股聖潔偉大的犧牲所帶來的僅是婚姻毒害愛情後愛殘餘的墓塚。我們不愛對方嗎？當我聽到小詹姆斯的故事，我特別感到自己更像行屍走肉一般帶著孤獨的可怕；也許就像詹姆斯過去所說的：「你需要一個小孩。」

「我是有一個小孩……或許……要一個女人，一個不會讓我做不了決定的女人。」我喃喃自語。詹姆斯斥責我：「天呀，你該不會做出對不起安妮的事吧!?」

一個小孩，他是對的，艾蜜莉亞，我是……對的。我不知道詹姆斯做何感想，他當然不會了解和一個無法在小事上做決定的人相處比優柔寡斷的人一起生活還痛苦。我沒有注意到他。我心裏的另一個聲音正提醒我有關「艾蜜莉亞」的一切，她的姣好面容、低級的幽默感又拗執衝動的性子。

（艾蜜莉亞……，艾蜜莉亞……。）

前來應門的是尼克太太，雖然她噙著淚水，手帕不離手，但我工作崗位上的直覺又再次告訴我，對於她先生的死，她不完全不知情，也其實她內心沒有外表呈現出的悲傷。當她去忙著為我們端上熱茶和起司蛋糕時，詹姆斯也說他從來沒見過先生才剛死，妻子就這麼厲害反倒年輕了起來，活像個二十歲的姑娘。

「你先生在機場發生了些意外，很不幸，他往生了……，」尼克太太開始嚎啕大哭，我聽過那些肝腸寸斷又撼天動地的哭泣，而尼克太太哭得像是每一個人都能輕易做到似的，她的肩頭劇烈地抖動令我迷惘。

「你先生的銀行帳戶內有轉入一大筆金額，你知道嗎？」

尼克太太迅速地擦乾淚水，伸出那隻套了金鐲銀鐲鏗鏘作響的手來接過資料，她看了一眼，巧笑倩兮，擤了下鼻涕，搖動拿手帕的那隻手說：「這……不干我的事。」

「妳沒有處理過任何買賣嗎？這筆金額不小呢。」

「不干我的事，」尼克太太從容不迫的說：「我只是個寡婦而且我的生活一團亂。」也不知道是不是說到「寡婦」這詞的緣故，她又開始傷心。

「所以妳也不知道尼克先生在財務上顯得頗吃緊的？」

她沒有多說話，詹姆斯好奇追問：「那如果有天真要破產了，你也不知道？」

「不干我的事。」尼克太太又把眼淚擦乾，她瞪了詹姆斯一眼，它惡狠狠地怒罵他「胡說八道」。

我補充道：「妳先生是被毒蛇咬死的，在這裏被熱帶動物咬死，這很稀奇；現在又有這筆來意不明的金額匯入，希望妳能和我們合作，一經追查後若証實為合法來源就是私人財產。我想知道什麼東西這麼值錢？」

尼克太太這個自私的女人一時之間臉色轉白，說：「不干我的事。」她從來沒有停止去咬她現在顫抖的下嘴唇，如今更是咬著不放。她閃避我們的目光，緊張焦慮地，見我們沒有起身離開的意思，她虛弱地吐出這幾個字：「這不干我的事，我只是個寡婦。」

我們無所悉獲。我們步出了豪華陰沈的尼克大宅，看來只好打電話回警局及向其它機構調閱這位神祕的富商鉅子的資料，如果他不是本國人，至少也會有出入境記錄，倘使他是本國人，那就更好。我們得查明他正確的死因，這背後也許有更不可告人或是令人意想不到的犯罪集團操控運作。我和詹姆斯挑了一家樸素的旅館一樓的餐館稍作休息，一邊等待消息。科爾切斯特（Colchester）比其它市鎮簡單悠閒，接近海洋的地方總是陽光充沛，很有夏天的味道，即便在冬天，天空總有許多海鳥飛過，至於從海邊傳來的浪聲呢喃，要是願意去嘗試，也是很容易令人記起去年夏天的風貌。而在此刻秋初或是更早時候剛來的春天，這個小鎮也未必削減人們在夏天才有的活力；還是有人坐在海水裏放任地浮沈尖叫、坐在岸邊消磨時間或是走過碎石子佈滿的沙灘。我和詹姆斯在大街

（high street）的屋子裏頭，以低沈的人聲為背景，可隱約聽見遠方傳來的可晰的潮嘯和風語，近處有由鐘塔內部機器匯集而成的運轉能量奮力推移秒針的滴答跫音，報整點鐘時，大鐘猛烈一擊，聲音就蓋過一切。一個小時之後，電話一通又一通的來了，我拿出紙筆在旁抄寫。由於實在太吵了，在我大聲咆哮要求客人安靜後，詹姆斯也亮出他的警徽，拜託大家安靜；我們最後還是被老闆請到餐館後方的食品儲藏室裏去。在他臨走前我問他是否知道隔幾條街詹姆斯口中多次重覆的爵士先生？

「他可是個不折不扣的義大利富豪哪，你有看過類似這樣的人到這裏用過餐嗎？」

「我真的沒印象有那個有財有勢的外國人來過，若是你所描述的這類人來過，我一定不會忘記，但沒有一個義大利人……。」老闆搖搖頭，他留我們在儲藏室裏繼續我們的工作。

「既然就離此地不遠，我們直接去拜訪他，殺他個措手不及。」詹姆斯精神振奮走在我前方說，在某個特定的時候他會懷有誇張的英雄主義，不過也由於行動草率，不留神的他一走出門就踩空，從樓梯上滾了下去，高速行駛中的車子彈飛起來的礫石射穿他的眼窩。我扶他起來的時候，梅正一面講著電話一面走在我前方，她表姊也見到了我，但很快她們消失在人群中，她轉頭往回看時沒發現我就走在她後面，她們對她吆喝，那鮮明的白色洋裝緩緩降落在街道後方某處，我快步跟上前去尋找，也只能往下見她們一行人在人潮裏載浮載沈，她肩上揹的那只春青的包包，一到灰色的道路上就暢行無阻，擋了幾部石子一般的車子，然後被一家購物中心吸入。詹姆斯痛得歇斯底理，他看起來就快暈倒了，我載他到醫院。傷口的初步清理很不順利，待一切處理妥當後，我便向當地警局申請調派一名警員，要和他一塊到和尼克交易的爵士先生的住所。

我出了洗手間要往大門口走去途中，遠遠地在原先來的走道上看到那間房門半掩的病房，站在門口的醫生和護士們一動也不動，起初我以為裏頭正有起口角、鬧事之類的小衝突，以為門口的所有人都被裏頭的打鬥嚇住了，於是我快跑上前，才稍微走近了，竟然發現有紅光從裏頭放射出來，我的步伐慢了下來，那光格外地熟悉，我常在夜深人靜或是獨處時見到這寶石般璀燦的紅艷的光芒，柔和地，均淡地，它喚起在我刻意遺忘的瘡疤，又提起心裏深處我妹妹模糊的歡笑，還有令人傷心支離破碎的片段童年回憶，那不屬於人世間極魅惑人心的光芒熠熠閃爍著。它令我想到雪倫，令我再次心痛和悔恨自己自以為是反彈出的無能為力的脆弱；那自我妹妹的鏡子發出的暖紅光芒。

我停留在門口，越過醫護人員的肩膀，我不敢相信自己的眼睛，我應該早些意識到我所擁有的只是半面鏡子，而另外半個則正歸於這個我見過幾次面的梅所有；我為這不可思議的巧合感到震驚。更令我吃驚的是，當我還在確定她手裏拿的是否正是與我那另外半面鏡子相謀合時，她的臉孔出現其它二張陌生女子的臉，二名陌生女子和梅的臉相異又共存的表情互相地奇妙地融合一塊，它們相互交替著，情緒不安，好像要從她單薄的身體裏頭掙脫出來，再加上梅本身原有痛苦的表情，她那張臉十分地骸人。我衝上前去，一把抓住了她的手，奪下了鏡子。

她很快地暈眩了過去，但不久之後就恢復了神志，彷佛才剛睡醒，彷佛才在夢裏透支了體力似的，她面無血紅，目光潰散，她回神後看了我一眼，有一絲莫名的欣慰笑意，接著她來捉住我的衣襟，激動起來，但過於虛弱她說不出一個字。除此之外，很顯然地，恐怕是我們的不期而遇也帶給她許多詫異。她在醫護人員的安撫和勸說之下，沈穩地睡了。我表明了身份後，病房內所有的人——躺在床上和坐在床邊的老婦人們，幾個醫護人員——儘管驚魂未定，也都各自四散，做自己的事去了。在我下樓之前，我很明白也注意到，那病房裏唯一還能自由活動愁容滿面的女士，正依偎門邊，簌簌地顫抖著；我把身上的外套留給這個孤苦無依的老婦免得她著涼，她的手抓著衣襟扶著門框，欲眼望穿地目送我離去的身影。

第九章　潮的騷動

譚梅的敘述（台灣某高中音樂系學生）

我一直以為我和表姊們渾圓的胖屁股會是今早海邊的奇景，也許是奇景，但不只有我們，也有其它人和我們一樣迫不及待要把腳下五顏六色的石頭都收進口袋。

初到時，還滿不習慣海風，特別是我還穿了那件美麗的洋裝，不時地遮上蓋下。出門前表姊見了還大叫：「妳要穿裙子呀？」我堅持，她滿滿的欣羨：「哦，真好，很漂亮的衣服，妳也很漂亮。」我聽了幾乎要笑倒在她身上。我們就這股活力充沛又快快樂樂地出門。

海風把浪推得有山丘那樣的高，在浪裏溜上溜下的小朋友們的叫聲四起，深藍色頑皮的海浪就和嬉鬧聲一塊包圍我們，當然，還有綿長又鋪躺著的七彩圓潤的小石頭。我盡量不挑揀紋路相似的，篩選過一輪連手掌還嫌小裝不下，再篩選過一次，仍舊是沈甸甸的一袋。海邊遊樂場還有轉盤遊戲，只要連續三次對中相同的圖案，就可以贏得彩金；稍早我手氣很旺，投幣孔前後吐出了好幾倍我投入的錢，不過代價不小呢，一鎊一回，玩得還真是手汗直流，所幸大「賺」了一筆。熱狗堡也沒有變得比較親切，依然是硬冷刻薄的樣子，我將我的讓給了三表姊，我告訴她我不想吃，她明白我嫌棄它，叨唸我真是浪費食物，我一面撒嬌一面翻宿疾的帳，什麼胃潰瘍、胃脹氣、疑似胃出血都搬出來講，她說：「那妳現在好了沒呀？」

「反正我不能吃麵包……。」我心裏頭不高興，但她忘了我那句「很難吃」。

「妳把它吃完了？」我明知故問，她說：「嗯，對呀，吃完。」我的期待落空。我已經領會過他們吃東西的本事，他們對食物的接納度自然也很令人稱奇，也許是因為他們已經習慣的緣故，所以無從抱怨；那麼我該習慣生活中不如意的事情嗎？例如：去習慣我母親對待我的態度來說。我還真希望三表姊別吃掉它，讓那難吃的東西永遠存在，有一天一定會有人發起熱狗堡運動之類的來抗議熱狗堡小販，說其實他們販售的食物和垃圾桶沒什麼兩樣得又硬又冷又難看，可是沒有人會和我一同為了抗議我母親上街去發廣告文宣。

我不禁好奇問三表姊：「沒想到要改吃別的嗎？或去別的地方買？」

「要買什麼？」她聳聳肩，吞下最後一口。幾天後我就要回台灣。

「妳怎麼不高興呀？下午我帶妳去買衣服。」我望著她，我至今嘴上還是久久說不出個歡快的「好」字。撿石頭撿著腿都酸了，就地坐下聚在一塊休息。離我們很近的地方有一群年紀相仿的男女，有心的話就能夠把他們的話聽得一清二楚，當中一個染著紅髮的男人語氣兇狠：「誰上你的馬子就去找他算帳，這才是身為她男朋友應當做的事情！」聽起來很有理，但是始終沒有人附和他。我偷瞄了他們一下，三個男的四個女的坐在一起晒太陽聊天，他們在伸手可及的異性裸體旁仍然十分有規矩的場面撼動我心，我把頭抬高，去看天空，疏疏淡淡的白雲散了，我重重地吐出一口氣，再過不久，天空裏會連一朵雲都不剩，到時就是亮藍藍純淨的一片夏日天空，也許要隔半天時間雲才會再飄過來。那群年輕人都在深思、為愁容滿面的男孩子出餿主意。「分手吧」我心裏說，在他們的身上我看到世界末日和人類大滅絕無語問天的疲弱，情意已逝，保存精神和體力用來追隨逝者也不錯；就像我坐在那兒去期待一只裝信的玻璃瓶擱淺，或是在殘留的白色泡沫中遺下的一條髮帶，眼淚在打轉，我想好東西會跟著壞東西來或是跟著更好的東西來，生活不會無聊哪。弧圓的石頭表面永遠只剩下水消褪去後的泡沫，在下一波浪潮來之前，它又是一顆嶄新的石頭，許多東西都已經消失殆盡，除非那些帶不走的。

「在過去八年來我始終注意著她……。」男孩說。

八年？真不可思議！我和辛先生的戀情只有半年。我的臉幾乎皺成一團，難怪他根本就沒把我放在心上。太陽晒痛了我的皮膚，我建議大家移到建築物的陰影下。溫差很大，我們在冰冷的暗處打哆嗦起雞皮疙瘩，不久就後悔又坐回到原來的地方。

「那個穿白衣的女人難道不怕冷嗎？」在橋墩下那穿白衣的女人的頭靠著木柱，一動也不動的，我走近時，聽到她喃喃自語，活像隻隱形的怪物，從那盤得很整齊的髮辮認出是西珂芬娜小姐，我又迅速地躡手躡腳走回來。

「你認識呀？」

「噓，我不認識，她在自言自語，我想她是瘋子。」我想到艾蜜莉亞，想到賈斯汀的妻子，我繼續監視西珂芬娜小姐，大表姊後來喊冷，我畏怯地建議：「很冷，那我們快離開吧……。」

「我和妳三表姊去買喝的，你要不要呀？」我不挑剔任何他們買的東西。他們走了，西珂芬娜小姐也走了，她走向那群在海水裏的孩子們，與她一塊的還有老伯，人類怎樣姿勢地行走他們就怎樣姿勢的走向天真無邪的孩子們，沒有人起疑。他們的下半身都被打溼了，他們一到海裏便一人捉住一個，扼緊他們的喉嚨，水花四濺，他們刺向他們逗點大小的胸膛，那是一把把銳利沾血的短刀，一瞬間噴紅了廣大的藍色天空和海面，哭聲和驚叫此起彼落，所有人呆了像雕像，只有海浪還活著，西珂芬娜小姐他們也是活的。海潮始終呼呼響個不停，它送來第一具屍體，岸上的人又哭又叫，到處充斥的都是絕望和混亂。

我一轉身就和那個叫做「芳單」的男人面對面，他說他要「鏡子」。警察來了，他們當中一個在制止暴行時頸子被劃傷，接著槍響，老伯就倒在海水裏頭，西琦芬娜小姐又殺死一個警察。在這期間，我四處逃，我太害怕了，大家的焦點都在兇殺案上，我後來撞到一個穿比基尼的女孩子，她「噢」地慘叫，引來同伴，這個時候既使再微不足道的事都會被放大視為災難危機。他們包圍住我，而被我撞到的女孩子很生氣，因為濺出來的飲料潑了她一身。她順著我驚恐的目光轉向背後望去，芳單的雙手就像已經扣住一條毛巾那樣，接著他扭斷她的頭，他扔開那軟趴趴的屍首，所有人如鳥獸散，他不怕任何人，繼續以排山倒海的氣勢走向我，我想到他要鏡子，我伸手在包包裏頭亂抓一通，摸到了它，很快地朝他身上砸去。

我又再離他有一段距離，意識到他還是留在原地，我再度轉身去，站著原地一動也不動，我看到他撿起它，將它拿得高高的，然後他的肉體在眾人的目光睽睽之下，光天化日之下漸漸乾癟、凹陷成粉紅色，最後變暗了，成一具深褐色的骷髏，風蝕了，坑坑洞洞的塌陷成一堆灰滾落到石縫裏，鏡子給摔出了幾道向心狀的裂痕。西珂芬娜小姐尖叫。我衝上前去很快地撿起鏡子，然後離開每一個人，有人追著我，叫我，捉住我，我甩開、踢開他。表姊們不再去海邊，這天晚上我們看著這則當地新聞時她說，最起碼最近不會去。我默默坐在電視機前，只有我知道那叫「芳單」的男子及刺殺小孩的人是誰。我還想如果辛先生娶我的話，那我就不會發生這種危及生活的事，我躲在被子裏哭，埋怨自己遇人不淑和天生歹命。我睡不好，一整個晚上都神經緊繃，比揮之不去的蚊子來叮人還痛苦、麻煩、苦惱，半夜覺得或許還有人就站在樓下準備攀牆爬上二樓，更不敢將包包裏的鏡子裏拿出來，天空開始露出魚肚白時我才睡。

事情還沒完。表姐們那時根本就不清楚事情的來龍去脈，他們只知道有警察來卻不知道是為了兇殺案而來，更不知道這件事實際上與我有關。我們後來依照行程回到鎮上，我在鎮上看到賈斯汀，要叫他的時候，手機卻響了；螢幕上沒有顯示來電。我對辛先生已心灰意冷，我寬恕他，我願意聽他的理由，我會永遠在他身邊聽他說他遠去的原因。我注意到賈斯汀的手指頭上光禿禿的沒有一枚戒指，他盯我盯看得目不轉睛，我專心去聽手機，但收訊不好。我的心蹦蹦地跳動，我背對著他，我需要一些空氣還有他的觸摸。三表姊一喊，我就忘了賈斯汀在後頭，哎、這是我回家後最感到後悔、今天最美中不足的事。我們去買了幾件衣服，他們拿什麼我就收什麼，後來大表姊又犯了頭暈的毛病。

有好長的一段時間，在醫院空了的病床上，我想我是累了或是無聊到了極點，我覺得自己好像飄出了窗外，在一朵和天花板一樣白亮的雲上，知覺膨脹麻木，我既看不見也聽不到，嗅而無物，感應無從，忽然間，當五官復又機靈了起來，我那握著表姊的鏡子的手臂正垂放在大腿上，驚覺鏡子斜斜地映出我一部份臉龐，鏡中的我和實際的我對看，背後還有一塊略為波動的天花板。

「那鏡子從那裏來的？」三表姊問。

我一時慌恐，虛情假意地回答：「我帶來的。」

「妳去撿了？我不是叫妳別撿了嗎？妳真不聽話。」

她看著我，模樣可怖，她轉過頭去，虛弱的大表姊再度閉上雙眼，她開始哭泣，本來我還若無其事地照著鏡子梳理頭髮和她說話，此刻看見她姊妹相依偎，三表姊又怒又哀地安慰她姊姊：「別哭呀。」

我想她們知道我撒謊，我一旁堅決地強調：「這是我的鏡子，這真是我的鏡子！」

三表姊好像被人從背後打了一棍，她惶恐地轉頭過來，久久不能言語，我納悶著，看來她們好像不相信我似的，我便又喊：「這是我的鏡子！這是我的……。」

「好了，別說了，這是妳的鏡子，」三表姊臉色蒼白，她接著說：「啊、妳讓我想到妳二表姊，她以前也說過這話，妳別說了，妳大表姊現在人還不舒服呢，不要吵她了。」

醫生和護士來巡房了，不知為何，外國人的臉孔總是給人淨白又極為相似的感覺；我還聞到了從門外溜進來那濃淳甜膩的葡萄味和剛烤出來溫厚的麵包香，然後沒多久，賈斯汀竟然出現在我眼前，他搶下了鏡子。他突如其來的舉動令在場所有人無不驚愕。

我在醫院裏醒來，依稀記得我捉住賈斯汀的衣領，想告訴他西珂芬娜小姐來到人間殺人的事，其餘的，很模糊，不大有印象。三表姊將賈斯汀的外套交給我，要我順道拿去還他。我把衣服塞進包包，走出醫院的時候再度和表姊們告別，我說我要獨自去處理件私事：我不舒服，我決定先去艾蜜莉亞那兒弄清楚「鏡子」的事。艾蜜莉亞，自然而然又免不了要聽到她講賈斯汀結婚的事（和對此感想）；她厭棄婚姻，婚姻合理化不被祝福的人：「我不是第三者，妳一定以為我是第三者對不對？」（我從來沒有對她的任何意見表達立場。）

「你知道嗎？愛情一直都是兩情相悅的事，但在婚姻裏，神聖的婚姻，不被祝福的人竟然不是第三者！」我聳聳肩，心想這女人到底是要說幾遍？我頭好暈，我心裏也不是挺有滋味的，她正在玩弄我朝思暮想日夜以求的夢，我醒來還忘不了的夢，就算回到台灣也一樣還是我念念不忘會出現在我睡眠中的夢。

「艾蜜莉亞，我來是為了鏡子的事。」如果我及時說出目的，也許能打斷她。只是，我不免思忖，一個結過婚的男人，他的妻子還是瘋子，生活大概也不是很快樂？如果能避開，那該不會還有什麼好不滿的吧？艾蜜莉亞的專情和怨懟重重地將我打倒在地，她正炫耀著；或者該說其實我正在憐憫和寬恕一個素未蒙面的瘋子？總之，我比不上她倆任何一個，這下我真的一無所有，我所擁有的本來就非常少是屬於自己的，我從身上列舉不出一件令我自己感到驕傲的東西，如今我又只能手足無措地乾瞪眼。我認為我最好只是關心賈斯汀，僅此而已。如果我能和賈斯汀私奔的話，那一切就不同了，我因他而富有，我們也將不受任何約束，我們將重新由我們定義自己，而這也才是真實的我們。他以一個男人懂得讓女人明白一切的眼神告訴我他喜歡我，對我印象不錯，不同於辛先生，辛先生只在談論自己有益的事時才會和我說話，僅管辛先生倒過熱茶給我，但我現在想來，多少是為了拉攏我，他一定明白我心裏有換老師的念頭，那時候賈斯汀說什麼呢？好像是我先起頭的，他喜歡我，他和我一樣幸福，不為其它，是因為幸福而幸福，我們心靈相通，我們能做很多事來謀生。今早在海邊偷聽男孩女孩的談話內容時，心裏產生的疑惑也忽然有了答案，是的，八年，八年的時光一定是一段很美、很值得珍惜的回憶。

艾蜜莉亞在聽完海邊和醫院的事後，她抓著我的臂膀，我從來沒有見過那麼誇張的表情，可是環繞艾蜜莉亞的一切都很夠令人出乎意料的了，例如豬肝紅的超級大窗框，還有她招牌的立領深色洋裝長大衣，不論是藏青或是鐵灰色的，玉米黃的兩條辮子和一張垮白的瘦臉，都很有大環境經濟蕭條的錯覺。

「他們知道妳已經做出決定了！沒有轉圜的餘地！」

「什麼決定？」我沒有和他們當中一「人」有協議過呢。

艾蜜莉亞撫摸她自已的肚子大笑，說：「無人的市中心，當你在那裏時，你做了什麼事？那件白洋裝是不是？」從艾蜜莉亞口中說出的「白洋裝」就像可怕的魔咒一樣，我聞之色變，我甩開她的手，反駁：「什麼白洋裝？」

「哈，妳拿了白洋裝，妳以為我一直不知道它是怎麼來的嗎？妳穿它的時間愈來愈長了是不是？到最後妳會穿著它死去，或是消失，但那不是真的死去或消失。它就像男巫一樣對你下蠱，他們會一點一滴佔用你的精神、肉體、意識……，他們操控妳。」她抬起我的下巴時還輕輕地「哼」了一聲，尾音升高的「哼」著。

「佔用？如何佔用？」在二表姊的臉上我看到其它女人的臉，都爭著要從她裏頭鑽出來。

「為什麼不告訴我？」我的牙齒氣得打顫，我責怪她：「折磨我讓妳很快樂嗎？」

「妳要鏡子，我都帶來了，我現在就給你！」我氣得失去理智。當然，賈斯汀已經拿走了。

艾蜜莉亞什麼也沒說，身為情敵的她既不感到得意也沒有身為先知的羞愧，她只是凝視著我，像用一棵古老的樹木的年輪導讀四季似的。我一拉她的手時，她冷冷地哼笑。她令我害怕我慌亂地奪門而出，我下樓梯的時候想到我毆傷和得罪了先知，我會得到報應，我要離開，走為上策，但一打開大樓大門，我便又感到後悔，我想活，我衝動地想走回到艾蜜莉亞那兒去請教她一些方法，她不是那麼冷酷無情的人，我見過冷酷無情的人，她身上沒有那種特質。於是我回頭，我才蹬上最後一節階梯，男女交歡時劇烈的喘息聲震動整棟建築物，艾蜜莉亞和賈斯汀在一塊，我站在艾蜜莉亞沒關好的房門前，我看到他們分開，我悄悄走出大樓這下我該相信了，也該死心了。我恨他。她說他妻子是瘋子，看來他也過得相當不愉快，那他為何不和她離婚恢復單身呢？他為什麼要讓愉悅的旅程都變得那麼可憎呢？狗男女。

小學生跑來跑去像小麻雀從轉角飛出來，我抬頭一看，才發現我來到一間小木屋教堂前面，小學生在草坪上跑來跑去，我根本就不信教，初到陌生地，自然也搞不清楚那裏是庭園又經過的到底是行道樹還是私人植栽？我還記得有一次我是像兔子一樣跳過一排私人園籬才跳到三表姊家，那時男女主人的嘴張得大大的左顧右望，大概以為我正在拍電影。我僥倖鑽過了幾輛停靠整齊的車子，我一看見教堂就走進去，想找個地方沈澱心情。教堂裏的神職人員在佈道台上，他注視我一舉一動，我對他搖搖手，故意和他保持距離，我不需要他，他去忙自己的事。另一個人走出來，看起來就是傭碌的世人，會將不幸帶給其它人的人，像是我，像是辛先生或是艾蜜莉亞，或是賈斯汀，或是賈斯汀的太太。但我能原諒辛先生和賈斯汀，既使他們離開我而去後我仍是會想念他們，天下竟有這麼痛苦的思念他倆又痛苦又歡愉的表情浮現在我眼前，我久久無法自己。

我走向佈道台上的大十字架，悲傷起自己的不幸，不論是見鬼或是愛情，我都是不幸，我真想來場車禍。手機響了，包包底部被割出一條狹口，手機的吊飾和暗袋扣環纏在一塊，在包包外頭盪來盪去，賈斯汀的外套也被割出了洞，口袋被割裂。後來回想起來，也許他的鏡子當在此時已不知掉落在何處了。

這天我回到家裏等外出未歸的表姊們，電視看煩了就拎拿外套和針線盒，一併將躺椅搬到屋前小草坪的中央。草坪上的晒衣繩上的衣服亮晃晃地飄動，我一見到我的花裙子飛揚，它就像對一切道再見，特別是對更久以前的事。來了一陣強風將罩衫捲成一團，我進屋裏去拿了幾個衣夾，解開糾結的罩衫，在上頭又用二個衣夾固定，再次坐回椅子上時特別感到暢快，哼哼啊啊，縫縫停停外套上的裂口。我以前會想辛先生，現在我想賈斯汀，我們相遇的次數還真是高得嚇人，這是緣份吧，不過一想到他和艾蜜莉亞做那事時，就覺得是孽緣，又令人氣恨、嫉妒。我站起來，在小花園裏頭走來走去深思著，我得改變對賈斯汀的態度，否則我會重蹈過去的覆轍，又會像和辛先生一起時那樣在我們之間建起道鴻溝。我不該在意他和艾蜜莉亞之間的事，過去在期盼久了的辛先生赤裸裸的慾念前其實我也沒有想像中的大膽去做我以為我會做的事情，去寬衣解帶，現在想起那念頭還真是感到，「不可思議」嗎？比起來，在海邊撿撿小石頭更能帶來更大的喜悅和自由，不過心裏的滿足感仍是顯得相當地微不足道。

我不是貪得無饜。

「我只是想親口聽你說『你愛我』。」這是我關掉電視機前聽到的最後一句台詞，它在五分鐘前敲醒觀眾們午後昏鈍的大腦，我躺在躺椅上閉起眼睛，現在它那餘音已經在我心裏回盪，音波繼續敲打更小更多五十弦。我的手被針紮痛了，我擱下衣服，我立誓我一定得找時間去問問他到底愛我不愛？只要聽到他在這事上的態度就是死了也瞑目，不過，如果能留在這裏就更好了，我要得難道不是和你我所有正常人要的一樣嗎？不是遮遮掩掩的地下情，是一個受人敬重的生活，既無猥褻又不可鄙。我站在屋前遙望眼前漠然的街景，但是我該上那兒去找賈斯汀呢？衣夾運於掌上，我不想去問艾蜜莉亞賈斯汀的住處。我一點主意也沒有，我躺在躺椅上也不是真的睡去。香菜植在花園裏的清香淡了，彷彿由另一種氛圍死死地栓緊蓋住，那是一個硬冷無味的東西，黑暗裏它壓迫而來隔阻流暢的風聲，是一種比這種窒死更令人不寒而慄的力量；我睜開眼睛一看，西珂芬娜小姐硬直的手指頭抵住我的嘴唇，我瞄到她身後站的是三表姐，一回神，那要啃吃人的表情就不再是西珂芬娜小姐了，而是我大表姊，她此刻正把手指頭移向我的額頭，問：「妳怎麼在這裏睡呀？」

「噢，我睡著了，」我心裏打顫，說：「妳們回來了。」

「我們回來了。」一向嚴肅含蓄又話不多的大表姊一旁興奮地吶喊，我懼怕她的變化。

三表姊檢視賈斯汀的外套時我不禁臉紅了，她喜孜孜地附和說：「妳朋友的衣服，我晚上洗一洗你再拿去還他好了。」

外套在我手裏暖熱的像一團火球，三表姊的話令我心裏頭萬分雀躍，還真是超級美夢成真，上天眷顧，男朋友、生活都要來了。我發覺鏡子就在衣服的口袋裏頭，伸手一探還真是那面鏡子，我望向大表姊，驚訝得說不出話來，她正一旁神色有異，她意味深長地瞪了我一眼後就進屋了。他們走之後我還獨自躺在躺椅上，心裏頭奇怪大表姊（或者該說是西珂芬娜小姐）沒將鏡子據為己有。晚上就寢時我回憶起今日時光，一想到賈斯汀就感到甜蜜，苦思了幾個小時後，決定去警察局找他，到時還會帶上一封信。我揀買了適合他那淡藍色的信紙，信的內容以註明時間和見面的地方為要；我撕毀了六張信紙後在最下面只打定二行字：「外套送洗中，但請記得來取，誠謝。」我在太陽升起的時刻滿意地睡去，彷彿有人親吻我的額頭像在親吻一朵花似的，我感到全然的放鬆、舒適。

我等了一天，第二天信我親自交到他手上，他收了信後我心中的大石總算是放下來了，我走得匆促，在那一剎間我還只是一個敬業陌生的快遞員，後來既使他在後面呼喊我我也充耳不聞，他叫得愈大聲我就跑得愈快，我也沒和他說口袋破了的事，後來我還躲進小巷子裏頭有那麼幾分鐘，看見他折返回警察局後才踢著輕快的步伐走回車站。到了那天，衣服已事先被我摺得方整放在旅館的房間內，我和鏡子裏的自己相互打氣後才下樓，我和賈斯汀在一樓大廳吃早餐，和他面對面坐在同一張餐桌上時就要拘謹多了，多半是虛榮心作祟，我就是以為我正和情郎約會。

他進房間來取外套，一進門時，我萌生要將房門反鎖的意圖，但後來也只是以肉身擋著，我指向前方，枕頭上放著摺得整齊的衣服，說：「在那兒……。」果不其然，他率先去看口袋縫補的部份，然後那隻手掏了進去，他生氣了：「裏面的東西呢？」

「什麼東西？」我騙不了他，旋即和他坦白說：「掉了……。」我無奈的聳聳肩。

「怎麼會掉了？」他既不理解也無法接受。

「就是……掉了，」我看著他，說：「東西都會掉。」接著感到一陣天旋地轉，我也許很激動但倒不致於到倒下的地步，我又對他說：「那是我的東西！」賈斯汀更是氣恨，他張牙舞爪，厲聲厲氣：「那才是我的東西！」他衝向我，扼住我的手腕。

「不，那不是你的，那是西珂芬娜小姐的，只有她才可以在這件事上質問我……，」我聽到一群人正在房間內竊竊私語，他們爭相指引我，但卻都只有一個目的，而他們的目的和我的目的如同黑天使和白天使之間關鍵的戰爭。黑天使贏了，我說出他的心事：「你回到家裏，只要一想到自己糊塗就覺得萬般皆空對不對？你氣惱你自己，如今你以為它近在眼前，竟也不分青紅皂白來誣賴我拿走它！你應該尋著線索去找尋它，或者去追蹤任何會拿走它的人，去推敲他們的想法，就像你過去做的或你對我做的事，你也確實已成功誘惑我，你並不愛我，它不會再度出現，你想重新在上頭鍍層新水銀和修復它都是不可能的事！它不會再出現了！這裏只有我！」

他的臉色轉白，他倒抽一口氣，退到角落。

那暈眩很短暫。我搖搖擺擺要去握住他的手，從他那兒乞求些溫暖或是我溫暖他，我想都是，我不願看到他驚慌失措、無能為力的樣子，我不是故意要傷害他的，我說我愛他，為了表現出我的誠意，我比一個求助者更卑微地哀求他：「我愛你，但我也需要你的幫忙，你聽我說……，我沒有家，請你幫我，讓我留在你身邊陪你。」我好不容易才說完這句話。他變了一種態度，他回過神來，從混亂慌張中恢復了些理智，他那高漲的情緒也趨於平靜，他話說得卻像個傻子：「我……我不懂你在說什麼？」

「你愛我嗎？」我引導他，我真想知道他怎麼回應我，我一把抱住他，強忍鼻子撞到他胸骨的疼痛，我把頭埋進他的胸裏，發抖了許久，他的手一放到我後背時，我便不再害怕，不再發抖，我悄悄抽走他放在褲袋裏、屬於我的那面「鏡子」並迅速地將它扔在床下。我看著他厚道的下巴，想他接受了艾蜜莉亞，理當更應該輕易就能接受我，我又告訴他我想留下來，我心裏忌憚著，和他說了假結婚真定居的事，他說：「妳難道不知道我已經結婚了？」

「對，還有艾蜜莉亞。」我還知道其它的，我會原諒他。他的臉色變得很難看，我後悔我口無遮攔，他眼裏在冒火，熊熊燒著的火就要噴出來了。

「我原諒你。」

「我沒有家……。」我泣不成聲，我感到寒冷而孤單。

他聽了神色大變，他推開我後，說：「沒有家？我看看妳，」他繞著我走一圈，嘲笑我似的，又說：「沒有家!?你應該不會沒見過遊民吧!?我看過沒有家的人的樣子，你看看妳，妳的穿著，妳的鞋子，妳還有個不錯的包包，妳不像是沒有家的人！」賈斯汀愈說愈悲傷，似乎他比起我，要承受更大的不幸。

我拉住他的手遲遲不肯放開，我問他：「為什麼是艾蜜莉亞？想想我吧，我能自己謀生，你知道嗎？不是做餐廳的工作，是高尚的工作，不像艾蜜莉亞，是……。」

「不，別說了，走開！你走開！」他不願意再聽下去。我發覺我又再次使他受傷之後，企圖想要挽回他對我的柔情蜜意；只是為時已晚，他不許我走近他一步，賈斯汀的額頭滿佈汗珠，耳根子紅透透的，他的眼睛瞪得大大的，驚詫我知道他的情史或是我大公無私的「博愛」，他不再有似若一個情竇初開的少年的青澀，他又憔悴又虛弱，頹廢，眼裏了無生氣，他步態蹣跚，他緩緩轉過身去轉開門把，拖著身體走下樓去。

第十章　我倆最後的歸處

賈斯汀的敘述

（英國警察）

那天早上我來到艾蜜莉亞的房間前，花生醬的甜味正從門縫妖嬈地鑽出，我敲了門，艾蜜莉亞含糊回應，我想她嘴裏大概塞了花生吐司，我告訴她：「我幫妳帶了牛奶和三明治。」

她打開門，窺探了我一眼，她最近精神很好，徹底得好，身體健康。她伸手將早餐抓進去，門關上不久又再度被打開，她的頭伸出來親了我臉頰一下，接著門便一直關上直到她稍後再來找我為止。我走向雪倫的房間，途中聽到印度人的房門後傳來低聲誦唱，不時還有搖鈴叮鈴叮鈴地伴奏，這聲音更微渺了。我聽著聽著便犯耳鳴，房子顫動幾秒鐘，一切沈寂了下來，不過我想是我的錯覺，我那時犯耳鳴，耳壓不平衡，我甩了甩頭，應該是我的錯覺，因為即使拿掉那段嗚嗚作響的幾秒鐘時間，那誦唱仍然有序無誤地銜接下去，走廊上依舊只有我，沒有人驚慌失措地逃命。

我走進雪倫的房間，放置在正中央的穿衣鏡嚇著了我，我在它面前發呆，我去扯掉上面的布幔，它又是一面正常的鏡子，我鬆了一口氣，我動手將它挪到角落旁，房間裏頭空出了一塊很大的空間，足夠一個成年人盡情地翻滾。這裏很多東西都罩上一層灰，我拭去白色細頸花瓶上的灰塵，環視四周，不，屋子裏所有的一切都有灰塵，只要人一離開這裏，不論是月光或是太陽高掛，這房間依然就真的死去。我坐在搖椅上，輕輕搖動，在它結實的懷抱中檢視一切擺設，或是它也可以送給艾蜜莉亞，還有其它需要擦拭清洗一番好恢復原貌的東西，窗簾，電視機，愛情小說，艾蜜莉亞可以坐在搖椅上做她喜歡的事，她可以重新粉刷那褪色得十分嚴重的扶手或是椅背，其它的東西也是一樣不能一直靜落在這裏。五斗櫃引起我的好奇，我站起來走向它，緩緩拉開抽屜，一碰觸到裏頭分類過的衣服，指尖刺麻，心臟縮了一下，我心底迷惑，目光卻還是緊緊地落在裏頭色質分明的衣緣上，我感到心跳猛然加速，我關上抽屜，跌坐在地上喘息，揉撮太陽穴。

在那一剎間我聽到雪倫的叫聲，不同於往常在夢中的求救（我現在已經很少做惡夢了），我聽到她叫的是我的名字，就像從對街傳來一樣的真實親切。這也只是我的幻覺，我沒有生病，我很正常，因為正常才能察覺出謬誤。我的手臂往後撐住身體，室內悄然，錄音筆的事一閃即逝；我之後重覆多次去聽那段証人見鬼的敘述時，無從發現異樣，沒有雜音，幾經聚精會神，沒有初次聽時聽見雪倫的呼喊。

「賈斯汀，賈斯汀，來——。」我就順應我妹妹無害卑微的要求，領她過河去採對岸的野花。

我想起來了，的確，她只要需要我幫忙時才會叫我的名字，但都是過去的事了。

艾蜜莉亞從背後環抱住我，停在窗台上的麻雀都被突如其來的影子嚇飛了，她的頭抵在我的肩膀上頭，輕聲對我道「早安」，她朝我耳道裏直吹一股胭脂粉味，灰色的雲取代麻雀停在這棟建築物上頭，可以感覺出來是朵厚重龐大的雨雲，天暗了，陰涼微冷，我將她摟進懷裏，在不大不小的地上和她雲雨一番，她的小腹肚裏頭以不可思議的熱度孵育著不可思議的脈動。

我們躺在地上相視而笑。

「我因嬰孩而重生……。」艾蜜莉亞說，我和她說我也是；她笑我傻。

我要離開時將這房間的鑰匙扔給她，叮嚀說：「如果這裏有喜歡的東西就別客氣了，但妳別自己來。」我一面吹起哨音一面走著，印度人不再誦經，這房子的老木頭因為受潮開始不時地嘎嘎響，我的食指隨意地劃過每一寸所到之處，牆壁、鞋櫃、囤積的雜物，塑膠桶上的雨傘把柄；艾蜜莉亞是該跟在我身後和我做一模一樣的事，這和在粉筆畫的傘下填上我倆的名字的象徵是一樣的。我走得慢了，想婚禮這事想得出神；艾蜜莉亞未曾與我要求過，我自然而然的也不會想到這事，也許我們該找一天去辦理結婚登記。關於這點，艾蜜莉亞會怎麼說呢——她淒厲慘叫——艾蜜莉亞抱著肚子在地上痛苦扭動，她縮成一團，慘兮兮地瞪看我，倘使我再不去幫忙她，她伸向我的手隨時都會抓到我。她後來躺下來了，喘息更加劇烈，她的額頭上滿佈汗珠，兩個白眼，四肢軟而冷，有黑色發惡臭的血流到膝蓋，一團肉球滑出黏在地毯上。

今早詹姆斯和我在醫院碰面。

「她是誰？」

「房客。」我乾淨俐落地說。

「你載她來的？」我說，是的，我告訴他每天早上上班前有時候都會到雪倫租住的公寓去，他聽了恍然大悟，暗淡的神情上有一片光采，他顯得相當不好意思，從褲袋裏抽出他那本新買的、骯髒的小筆記本，委婉說：「我一直以為……，當然，那只是我的猜測啦，猜測總是比不上你敏銳的直覺來得準確……。」

「你們沒來烤肉會。」

烤肉會，烤肉會，我幾乎忘了這件事，但從詹姆斯嘴裏說出來就使我洩了氣的精神飽足，我無法從他的雙眼裏移開，我知道他一直很崇拜我，我說：「我忘了，太忙了，安妮又拿不定主意。」我伸了伸懶腰，打了個大呵欠。

「是呀，我了解。」詹姆斯心有同感。

「你可以代我向所有人道歉嗎？」我思索安妮說過的一句話：「我以前不是這個樣子的」。是的，我說：「我以前不是這個樣子的。」

我們沈默有那麼幾秒，剎地，他大加讚賞我：「我知道，你一直做得很好，很了不起，我感到榮幸。」話鋒一轉，他說到有個女囚犯越獄的事。「越獄」，一般來說，是在人類能理解的常態下的用語，但那女囚犯根本就不是越獄；她在監視器面前消失，令人匪夷所思，光是想像，那場面就夠如同在琴鍵上從do跳到re那樣突兀驚悚。

「法醫那裏……。」

我揮揮手，我不想聽。在他繼續前我問他小冊子裏記了什麼？我們今天得去拜訪爵士先生。我們開車去，起先我們在一條蜿蜒的小路上平穩地行進著，兩側有低矮的牆垣，只容得下兩車的寬窄，也不知何時，這小路竟然愈來愈狹隘，最後到了車子不能再前進的情況，於是，我們便下來用走的。路愈走愈暗，一片漆黑之後才有二、三盞路燈，強壯的火苗在燈罩裏頭燃燒著。我們在搖晃的光影裏沿著開道的灌木小叢謹慎地往大門門口前進，那兒正有一個女人等待我們，拿著一盞老舊的煤燈迎接我們。

我記得，那是梅的二表姊，我見過照片。我問她很多問題，但她不同我們交談，卻只向我們每人索取硬幣；我想起了一些民俗信仰，猜想我們不遵從的話，她大概就不帶路吧。我們各人都給她一個硬幣，後來走到半途，路燈一盞滅一盞地少，四週景色也就愈來愈暗沈，視線僅能識別東西所在，氣氛愈來愈詭譎，連腳下蔓生的雜草也密集，高過我們。我們最後來到一個湖泊前，那兒有一艘小船，她指引我們坐上去，由她擺渡我們到對岸。對岸有間小木屋，小木屋挨著林木，林木環合別墅。即使天已經暗了，但我還是可以看得出來這是棟氣派不凡的別墅。我下了船，又塞了一個硬幣給她；我苦口婆心要求詹姆斯，但他始終不肯再多付一枚硬幣。我們獨自穿越樹林後就是一座沈睡的花園，在黑夜中還是可預視精心設計過的花園萬紫千紅的盛況，它把爵士先生的寓所裝飾得美侖美奐。到了門廊前，就由一位老邁枯瘦的老婦人引領我們進到爵士先生的會客室。老僕人聲音嘶啞，但我猜她正說爵士先生已在一間四面鑲鏡的房間裏頭等待我們。當爵士先生見到我後的第一句話既沒有寒暄也不客氣，他開門見山就問我鏡子在那裏？

近在他腳邊的紫色長躺椅上，斜躺著一個美麗嫵媚的女人，細細的捲髮精緻地盤在頭上；我見了她，便不自主地和他們說出來意，我從來沒有如此真誠地說過話。我說我是由於尼克先生的事才過來的，我那時沒想到他的「鏡子」；那女人高高在上冷酷無情，她希望我突然造訪此地沒有驚嚇到他們任何一個人。若是如此，那也絕非我本願，我向她道歉。我也具細彌遺地告訴爵士先生，描述尼克先生如何在機場引起騷動。現在想起來，真是怨怪自己當初竟然用一種老朋友間才存有的親膩感與他們交談，對他們過份地客氣，彷彿他們一個訓練有素的老僕人正謙恭地服侍著。

反正，我是有表明出尼克先生是被毒蛇咬死的而爵士先生是嫌疑犯。嗯、如今想來也頗奇特，我是經過一番掙扎才說出這重要的來意，而那種掙扎的感覺像我在每個清晨時要從惡夢裏掙脫出來的感覺頗相似。他反駁了，他當然反駁，有那一個犯罪的人會輕易地承認自己犯下的過錯呢？他跳過了臉色鐵青又高貴優雅的女主人，問了他的人他是否出過門一步？

女僕率先回答，她是一個嬌小乾癟的女孩子，胸前掛了個十字架。她口齒清晰地告訴我爵士先生一直都住在這裏，沒有出過莊邸，話說得堅定，除了在爵士先生背後偷瞄了她男主人幾次，神情泰然堅定，我看得出來她是他的情婦；然後他又招來了剛才領我們進門的女管家，她也堅決爵士先生過去一週以來沒有步出過這房間。

他招來了二個女孩子，先是一個蓬鬆捲髮的少女，兩瞳無神，衣服脫落到腰間，我從來沒看過既使經過打扮還狂野有餘的女孩子。她手臂上既沒和人打架留下的傷痕也沒有泥巴汙了裙襬，而是她的眼神，帶著殘暴又難以控制的仇恨和混亂的心智，它絲毫沒有休止的時候，它像是不眠不休地爬過一山又一山進駐到了我心裏，像根隨時可揉爛我身體的手指頭；後來她一聲不響地跑了出去後，我的靈魂才從她銳利的眼神中被釋放了出來，鬆了一口氣。

爵士先生說：「另外一個，她的下半身已化為一淌腐水一個月了，無法下床走動。」真不敢相信，我當時還認為這不是什麼非比尋常的病症呢。來的另一個是我妹妹，雪倫；她看我的表情很奇怪，看我像看一個憔悴落魄的遊民，她愛憐我，說她可憐我，希望我留下來吃飽了再回去，她已經不認得我了。

「西珂芬娜，你呢？」女主人緊著嘴唇，似笑非笑。多麼美得令人驚慌失措的名字。

我看到雪倫，心情愈發不安，又紊亂又潰散，我把雪倫拉到我身邊，揚言要帶走她，立誓逮捕這群良心泯滅的綁匪。說時遲，那時快，雪倫從我身邊掙開來了，她撲向爵士先生，一過去就緊抱住他大腿，那最令人氣憤的，他那隻順勢垂下的手掌就按在她裸出的肩頭上。然而，就那麼一眨眼的時間，我又再度兩手空空地站在小木屋前，那原本的女擺渡人拉我上船，送我回到我剛過來的地方。到了對岸之後，她又撐了船，這回她獨自划走了，那張帶著哀愁和滿足一次一次地變小的臉龐，她絕望地說：「保重—保重—。」還沒到湖心她整個人就白灰了，在月光下碎裂而鬆垮，留下一只空船被黑暗吞蝕。湖水乾涸了，身上有刺的大魚躺在泥地裏牛喘，成群滿口利牙的鰻魚張開大嘴撐起前鰭往岸上爬，碩壯的長條怪魚展開牠們身上的利刃開始彈跳上岸，我被濃重的鉛味熏暈，岸上的土堆崩塌，詹姆斯不見蹤影。

我以最快的速度逃離那鬼地方，依著光源鑽過修道院牆上的破洞（牆上的陰影看起來像一張張堆疊的臉蛋），我在一排排微明的座椅和十字架輪廓中尋找出口，復又高聲呼喊卻徒勞無功，於是我轉身要往回走，洞口卻已被封死。我開始拍打牆面，祈禱室的燈這時被點亮，待在裏面的人的身體一度走在燈前，那是一個女人的身體；我再次高聲叫喚，牆面各種各樣的哭聲回應我，悲傷，喜極而泣，哀痛又淒涼的哭聲，祈禱室裏的人不知何時已正面對我，是艾蜜莉亞，燈微弱了，漸漸滅了。我漸漸習慣修道院裏的擺設，摸黑進入祈禱室，黑暗裏艾蜜莉亞一襲白色典雅長裙坐在搖椅裏，她閉著眼睛狀似休息。祈禱室裏頭安靜得令人毛骨悚然，我砸破玻璃，跑了一段路，回頭再一望，艾蜜莉亞正站在窗口凝望我，她的臉色蒼白，一如往常，她營養不良。我在山林裏走了一段路後來到邊界，攬車要回警察局，一看到醫院就下了車。醫生一看到我便對我說：「是畸胎。」我楞了一下，他說：「……很不可置信……，但後來她還是死了，很奇怪，我沒見過這樣的事，先生很遺憾，抱歉，我們都盡力了，這太棘手了。」

「什麼？不……你們，你們不是一直都在處理這種事嗎？」我忽然明白、記起我下車進來這裏及艾蜜莉亞被送到醫院來的原因，同時又不願接受所有發生的一切。

「是呀，但是，她死了有好一陣子了，有幾年了！」

「什麼好幾年！」真是鬼話連篇，他終於說艾蜜莉亞死了至少有一百年，我聽了對他尖叫：「她被送來時還有意識！清醒得很，她剛還在祈禱室，在郊區的一間修道院裏！裏頭躺著的應該是我的……。」我失聲低吼，全身無力，眼前所見皆一片模糊，有人扶住我，我癱坐在椅子上。

「不，看起來是這樣，」我勉強聽到醫生矯正並解釋說：「有些生物，像魚，即使被開膛剖腹後，還是會在水裏游上五、六個小時，牠們不會因為內臟外露而作息受到影響，我想，恐怕有些人也是如此，他們活了好幾年。」他推了推眼鏡，擦了擦太陽穴，跟診的幾位護士頭壓得低低的，我掃過他們每一個人，在我面前，他們都驚覺到自己的身份在醫院裏的威勢和力量，他們堅定，但眼神四處飄移不定，我也不需要額外的安慰，那只會在大庭廣眾之下突顯出我彷彿患了病的脆弱，醫生倉促離去，他說：「就這樣了，很遺憾。」護士們快步跟上。

我在離警察局不遠的路上遇到那個我曾去訪察過的女孩子，她一見到我就衝過來，緊張兮兮的遞上一封信，雙頰緋紅，表現得要比之前還害躁，這引起我的好奇心，但我還來不及問她信封裏裝的是什麼時，她就一溜煙跑走了，我一叫她，她就跑出我的視線外。在來警局的路上，對於環繞著艾蜜莉亞所發生的一切令我很是困惑，我一度懷疑我中邪了，一度又不信任其它與我不相干的事，例如，當我走在路上，那遠方躲藏的人，棲息在近處的人，擦身而過的陌生人，世界上大大小小的眼睛都監視我的一舉一動，有人在看我，我身上有我不自知的那屬於異類或是邪靈的標誌，所有人類都心照不宣地與我保持距離，我焦慮，我心灰意冷，我屈服於那股擺脫不了的力量，我打開那女孩子的信時既沮喪又感到十分孤獨，只是那是一箋簡短而誠心的邀約，我讀她的字，就有了撫摸她臉頰的觸感，想要親吻她紅嫩的雙唇，要不是在這種混沌的情況下，我還會再摸她一次，一百次，親她一次，一百次。

等詹姆斯回來後，我打算一同和他再去一趟爵士先生家，但他沒有回來，我獨自開車循線前去，發覺那是一處附有渡假中心的高爾夫球場，在那裏也無所斬獲。這天夜裏我大概做了粗略的分類：那女孩和她的親戚，除了她的二表姊，都是現實世界上的，至於爵士先生和他宅裏的人及艾蜜莉亞，還有雪倫，都存在另一個世界。

安妮一面轉著圈圈一面走向我，她的衣服是新的，頭髮也剛捲過，病容上抹新粧，她穿著高跟鞋和絲襪。我抱住她，那熟悉的體溫和氣味又回來了，我沈浸在她呼出的藥味及熱度裏頭，同時也為她的康復高興。

「你吃了沒？」我搖搖手。

「我怎麼沒聽見你回來？」

「我回來了。」我回來了，門外的一切都不重要了。我在心裏安慰自己；我看了看窗外，羞愧得想哭。

安妮過來抱住我，將我的頭貼在她碩大的乳房上，她宣佈今晚的喜訊：「我好多了。」

「餓嗎？」

「嗯。」我順服地點點頭。

安妮為我做了南瓜秋葵湯，她提到孩子的事，她捉住我的手時我直打冷顫，我感到頭暈反胃，我建議我們到餐館吃飯好慶祝她身體康復，她興奮極了：「我能去嗎？」我見她的反應感到有趣，我笑問她：「為什麼不呢？」她又喜又泣，說：「等我換件衣服，等我換件衣服。」

醫生說是「畸胎」。我望著安妮豐腴圓潤的下巴，她豐厚的二片紅唇子啪噠啪噠地嘰哩呱啦，在餐廳裡她的音調時高時低，她說話時偶而還有些手勢，我附和地笑說，一直沒插上一句話，喉頭感到乾渴極了，服務生來來去去穿梭，隔桌色味俱全的美食令人欣慰。真是夠了，一個長角和滿口獠牙的嬰孩！安妮也會如此嗎？產下一個畸胎？生下我的罪衍？

「別喝了。」安妮厲聲制止。

「你在說謊。」她鼓起腮幫子，氣呼呼地瞪我，瞪得我心虛冒汗。

「你說謊時會喝酒，不停的喝。」她口氣堅定。

我放下沈重的酒瓶，她抬起下巴，咄咄逼人：「是因為『孩子』嗎……當你碰到不想面對的事時，你就會胃弱，你會感到噁心、反胃，你一直都是這樣子。」

「安妮，我……。」不只「孩子」的事，還有其它事一瞬間全都浮現在我面前。她泛著淚光，說：「走吧，我們回去吧。」

如果我想徹底忘掉艾蜜莉亞，那我就得有所行動。我簡略地將事情分類好使我明白如何在生活與夢魘間取得平衡；我終究會找出個忘記它的方法。安妮躺在床上，每咳嗽一次她龐大的身體就使床鋪劇烈震動一次，她甩掉我搭在她肩上的手，她告訴我她想喝茶。

我下了床去倒杯溫開水。我將杯子拿到她面前時，她鬱鬱地說：「你總是太嚴肅，我便認為你不願意我去詹姆斯的烤肉會，只是你怕我傷心不開口說，如今我都明白了，我這個樣子怎麼能夠和你站在一起呢？」

「我也忘了。」我坐回床上，抖抖腳，腦筋空白，敷衍以對；烤肉會早舉辦了，我忘了那事。安妮聽了大發脾氣，她怒斥道：「你真以為我是替你設想嗎!?你一副隨便的態度，你倒對我冷淡，我知道你每次回來，走到門廊前臉就垮了，遲遲不肯進門，你倒跳著出門，你對他們卻熱情得很，你吃我的早餐，一個假好人的偽君子！」

我一時反應不過來，她的眼皮劇烈翕動，她氣得快失去理智和知覺，她全身因為過於激動病態地蒼白，「睡吧，」我說：「睡吧，我要睡了。」我帶著我的枕頭和毛毯到客廳的長沙發椅上，安妮仍舊在床上不肯躺下，她不肯關上房門，甚至在幾個小時之後她也來到客廳，半夜她坐在沙發前，手裏還握著我的錄音筆坐在我身邊，看她的表情就知道她會花一整個晚上搞清楚我腦子裏還裝些什麼？

我早上醒來後只見到一瓶微溫的牛奶，我沒見到安妮，廚房浴室都找過了。我拾起掉落在洗手盆上破損的霧藍色磁磚，將那馬賽克圖的一部份順手投進垃圾桶裏，穿好衣服梳洗完畢依約前往旅館，走得匆忙，沒將牛奶帶走，後來想帶在身上也是多餘，因為旅館每天都供應早餐。我在庭院的廊道上看到安妮正目送我離開，我對她做了沒什麼意義的手勢，沒有意義，至於要和她道別或是其它，我也懶得想，反正經過昨夜，我們這時候就算有場冷戰也無妨。邀約我的那女孩子笑起來甜美如一個五月份宜人的好天氣，適合外出從事各種活動，就是不適合待在家裏。我上次看到她穿一襲素雅的白，站在高處，就特別令人感覺起來像是海鳥，隨時節遞嬗和諧地四處遷徙，一被驚動她就飛到更隱僻更接近太陽的地方，白羽毛白得更雪白。我小心翼翼打斷她，她正口沫橫飛形容見到我過於興奮和愉悅的心情，感謝我到來，她說她沒想到我會來，她又陷入多餘的悲傷，絕望，然後又抱持希望，希望帶給她快樂，她又熱烈又激動，鼓舞人心，像一首慷慨激昂的進行曲。

我漸漸感到有趣，慢條斯理問她：「妳今天怎麼沒穿那件白洋裝？」撮揉過的掌心聞起來有太陽乾暖的氣味。

她魅力四射，臉上泛著紅暈，她的手掌去貼在臉頰上頭，好像有兩枚小小的太陽停留在上面，她支支吾吾的，棗紅色的低胸背心襯托她如一朵小小鮮嫩驚艷的黃玫瑰，她比外表給人的印象要熱情許多，她羞羞地回答：「你也喜歡那件白色的洋裝嗎？我以前覺得將它當成一段回憶是件很無聊很小孩子氣的事，你提到它，它就變得十足重要，那我以後看到它時就會想到你，不再只有……，」

「太多太多回憶。」她說完就往窗外看，憂鬱了起來，我以為她故作姿態實際上是對我撒嬌，想引起我的注意。我呵呵笑了幾聲她多愁善感，靜靜地攪著熱咖啡，一面又期盼她開口再說個不停；她一言一行令我晦淡的生活熠熠生輝。

「為什麼你笑了呢？」她顯得有些生氣，我不告訴她我笑的原因。

「你嘲笑我？是不是？」我驚詫地望著她；她雙臂往內縮，我身體熱了，手也失控，茶匙抖灑出一片咖啡，我把茶匙放下來，心中種種不快消失了，如果能夠的話，我還會閉上眼睛，聚精會神去思考……，不、不用思考，在她面前我體悟出另一種身為人也持有的高尚價值。我想起許多青春年少時光和做過瘋狂又難忘的回憶，那些如今我放不下身段能夠完成的事，我明白我放下茶匙的動作不是起因垂涎她的美色，而單單僅是我舊有的習慣（當我感到不安時我還真的會做些多餘的動作放鬆心情）；還有她如微風一般吹來帶著生息的笑容來自陌生的夢奇地，她是一把用來解開加諸我身上的鎖鍊的鑰匙，我從來沒有察覺到，原來我會在和她，陌生人，交談中發掘出許多屬於自己的歷史和重新看待自己。多麼奇怪的感覺！她就近在咫尺，她遠在天邊。

對於陌生男子的凝視，她顯得不大習慣，她說起她二表姊失蹤，這是我們唯一有交集的事。後來她說累了便說起衣服。

「噢，我把你的外套放在樓上了。」我和善地表達出說我就是為了拿回我的外套，當然，能夠結識她也挺不錯的。

「你願不願意上來拿呢？你上來拿好嗎？」

我後悔上去。

「你還有在查雪倫失蹤的事嗎？」回到家後安妮問我。

雖然我不明白她為什麼忽然問起雪倫，但我心情太低落而不想回應她，回應她只會令我更感到世界冷酷無情和感到自己的孤單。我這才明白我對那女孩子犯下了怎樣的錯誤，致使她過份地依戀我。我很喜歡她，但我沒做好準備好，她所擁有的一切，在我看來都不像是我的一部份。我回到家坐在空盪盪的客廳裏頭的一張沙發上，安妮在廚房生悶氣忙東忙西，我想起她說話的表情和口氣，頓時也覺得家裏真是太安靜太寬闊。我好孤單。我躲進書房裏頭情不自禁哭了一場，然後到浴室裏洗了一把臉，在緩和情緒之後，撥電話給我一個在報社當記者的朋友，我試著請他替我為她請求的事想想辦法。我打電話給他的時候他正在外頭。

他說：「哦，我很高興你打來，你最近好嗎？」

「呃。」為了避免他疑慮，我裝作事忙又心不在焉的樣子，很高興電話那頭不時有噪音傳來。我清了清喉頭的痰，開始和他交涉：「凱文，有一個女孩子已經到了離境的日期了，我希望她能留下來。」

「噢，」他敏銳地告誡著我：「你想背著安妮亂來!?」我和他說不是，我說純粹是為了她，但說了也是白說，他還沒等我解釋就告訴我這是不可能的，他說：「你應該知道奧麗薇雅，那個西班牙女孩子……。」

我失望的回應他，我知道奧麗薇雅，大捲髮，大眼睛，很別緻的臉蛋，豐潤的紅唇，兼職時尚雜誌女模的花旗銀行專員，她和他同居了半個月。

「十五天！」凱文對著電話吶喊，他的怒氣一下子來了又去，他忙著安慰他身邊的女大學生說：「沒有啦，沒事啦……嗨，我今天在街上碰到二個女孩子，一個是新來的咖啡店店員，另一個是她朋友，我們正要一塊去吃飯，你有聽到他們的聲音嗎？」

「你來不來？」

一切都會隨風而逝，我拭乾眼角的淚水，我答應他我將要出門。安妮送來一杯果汁，她吩咐說：「喝過再去吧。」

我一口飲下，頭腦竟就昏昏沈沈，我失去了意識，我想我是睡了一覺。我醒來後身體沈重如鉛但我看到我的妻子，很高興她在家，雖然她奇怪地將鋸子拿進客廳並且跪坐在我身邊，但我還真是高興她在，我病得很重，她可以幫助我。我看到她舉起鋸子，她露出久沒見到的笑容，她將我那有疤的額頭切下，溫柔地連同缺角的霧藍色小磚塊一齊放在一旁，我看到一片刺眼的光芒之後帶來永無止盡的黑暗和冰冷，艾蜜莉亞的手來鉤住我的手，把我拉進修道院附近的一塊溼黑鋪滿青苔的泥床裏並永眠於此。

第十一章　白洋裝無聲無息的消失

阿梅的敘述

（台灣某高中音樂系學生）

「那不是橙子嗎？」從車站回來時，我遠遠就對前方的小黃狗特別有親切感，看到牠心裏感到格外溫馨。那是橙子沒錯，可是牠怎麼這副落魄模樣？還在外面四處亂跑。小黃狗狼吞虎嚥嚼咬乾骨頭，抓癢，哦、真髒！修路的工人對牠示好牠就跑了過去，但一明白沒有東西吃時就安靜了，失望了，尾巴垂下來了後接著又像先前猛搖個不停，像跟屁蟲跟在別人後面，橙子和誰都好，那是橙子。當那工人抬起兩隻大鉗子般的怪手嚇牠，牠就跑開了，我緊張地喚牠，牠沒聽見，牠逃命似地跑回原來的地方，坐在烈日下呼哈喘氣。

「橙子，你怎麼在這裏呢？」橙子一時之間也認不出我來，在那短短的一瞬間，我慌張得很，心簡直揪成一團；就算牠不認得我這主人，用盡手段無奈我也要把牠拖回去。沒有牠我就未曾在這世界上留下足跡。橙子還是沒忘記我，牠蹦蹦跳跳，在原地轉了好幾圈，發出興奮的叫聲，那對亮晶晶帶眼屎的眼睛頗有喜極而泣的味道，牠在我後面發狂亂跑，身體硬往我腳上磨蹭。只是一到家門口，嗚嗚咽咽地，站在巷子裏呆盯著我看。理幹事的母親又怨畜牲又嫌牠髒又要打牠，我不禁怒從中來，忍不住喝斥：「別人的東西可以亂碰的嘛！」她也真的就被我嚇唬住了，鄰居也都猛盯我看，好像那話是針對他們似的。我對橙子招招手，但牠還是不過來。理幹事的母親大概沒想過狗和她明白車子黃金的價值一樣，都屬於私人的物品，她只敢偷偷瞄我一眼後又裝出態度自若的樣子，她對沿途的鄰居示好，他們微微揚高了嘴角，要笑不笑的。

「阿梅、阿梅，妳回來了啊？」理幹事的女兒喘得上氣不接下氣，她用跑得過來，我忘不掉她曾以為我是同志而擺出的那張醜惡的臉，我和她說我才剛回來，很累，而且還有很多事要處理，她「哦」地一聲，很遺憾又語氣不滿：「那，好吧。」她踢走了一粒石頭。

「進來呀！」我去叫橙子，橙子的頭歪向一邊，滿臉狐疑，我又說：「進─來─。」橙子還是不為所動，我蹲下來假裝手裏有東西誘惑牠，牠笑了，跑向我，鄰居為這事歡呼，但我一向鄙視怕事苟生的儒夫，虛偽！我只管罵橙子「搞怪」，拉牠尾巴懲罰牠時，牠還是像以前一樣氣沖沖地低吼、要反咬我，橙子很快地鑽進屋子裏頭，上了樓梯，窩到牠時常躺的我的床上去，我父親在客廳嘿嘿地笑看電視節目。房間裏桌上比賽用的琴譜很刺眼，還刺痛心，除此之外它也令我憂鬱，如今辛先生的名字再也不落在我的行事曆上，他不只背叛了我，還使「彈鋼琴」本身一度變成奢侈的事情。橙子劇烈地抓身體，我放下行李先料理骯髒飢餓的橙子。

我下樓去找我母親，她見到我的表情很平靜。她要分類蘆筍，分類好的蘆筍就秤斤論量賣給中盤商。八月的艷陽吸乾她肉體裏的水份然後重新在上面縫了溽暑深褐色的影子，流汗了，她就直接用衣服上短薄的袖子擦乾，從冰箱拿出鳳梨問我父親吃不吃？他不吃，她坐在翠綠色的簍筍堆前吃冰過的鳳梨，簍筍多得像山一樣高和外頭黃燦燦的地面相互爭勝，我拉來另一張小凳子，揀了枝粗簍筍敲全身溼答答的橙子貼在地板上的頭，牠不時窺看我母親，我受氣了，我問她：「為什麼把橙子趕出去？」

「我哪有趕牠？牠自己跑掉的。」

我才不相信，貪生怕死的橙子才沒那膽子：「那有可能？」我不相信，我母親會為了錢折磨我，蛇蠍心腸，蛇蠍心腸。被我說中，她默認了，我叨唸橙子身世堪憐，我母親冷酷無情，我還不忘跟著她做事。我母親一看到我問她如何揀選簍筍，臉色柔和許多，但我才不稀罕她對我好，那全是她一廂情願的移情作用：她希望我是個孝女，好使她在鄰居面前有面子，就像她送我去學鋼琴的目的是一樣的，只是為了向人炫耀；我不是幫忙她，我只是出於好奇。她一指出我揀錯的時候即是我報復的機會，我將手上的簍筍丟回給她，她不高興埋怨道：「不要用丟的！」我格外有意讓她明白她還是露出舉世無雙的惡母真面目，輕蔑又嫌棄地為難她、報復她說：「不然妳自己弄。」

她吵不過我，她需要人手，這勝利竟也只夠我高興幾秒鐘而已。蒼蠅飛來飛去，她伸長手去推紗門，但是力道太猛，門彈開了，她關了二次才把門關好，室內的蒼蠅更多了。我嘀嘀咕咕，多噁心的生活。

拉我母親去務農的鄰居拿來一堆蕪菁，她見了我直嚷道：「阿梅也幫忙呀，出國回來了喲。」我母親看了我一眼，她向鄰居抱怨我一天到晚只會四處亂跑不幫忙家事，我還滿想斜眼瞪回去，種蘆筍的人又不是我，但我終究幹了不正當的勾當，裏裏外外都矮人一截，更別說據以力爭。剛才要欺負橙子的理幹事母親的媳婦也來了，她是一個福態又講究打扮的婦人，我母親回應她二個問題後她就走了，她走後我也離開了。我帶橙子從後門要到附近新蓋的公園散步時，聽見前方又聚來了幾個人。

「老師找到了沒？」理幹事太太那時問。

「她老師幫她報名比賽。」理幹事太太很掃興，當然，我母親簡直雞同鴨講。

「去那裏比賽，是要出國嗎？不是才剛回來？」拿來蕪菁的鄰居附和著，我發覺她說這話的同時眼光已經落到我母親身上。我母親也想知道我要去那裏比賽，但我想就算講了他們也不知道在那裏。

「老師還沒找到嗎？」理幹事太太又問，我母親再看了我一眼，我恨她多嘴，她臉一沈，雖然我明白不是她說出去的心裏多少舒坦些，不過對這問題挺為難的，特別是在她一叨唸「人家在問你啦」後就更使場面尷尬極了。理幹事太太笑聲暈開來變得高亢還變調，她嚷叫：「哎喲——。」

我站起來，頭也不抬，只想往廚房去找東西吃。經過洗手間時，我父親正在馬桶上小解，他一見到後立刻側向我，露出他手中撐住的肉條，滿臉說不盡的喜悅。我幾乎快氣暈了，的確，要是再將這事放心中我真的會七孔流血。我一進到廚房就碰到阿桃在飲水機前正往大碗公裏注滿熱開水，我走到她身邊和她說她塗了過多香水，和化粧品的氣味也很不搭，令人頭暈。她問我吃過了沒有，我說在外面吃了並且儘量不牽怒到阿桃身上。當碗裏的熱開水夠滿了之後，阿桃立即忙著搗爛它，在麵塊上頭亂壓亂攪一通，沒泡軟的部份裂開來了，在金黃色細網一樣的湯汁裏往碗緣靠去，像一座座極地漂浮的小島，那些碎麵變軟了之後就浮出，在表面上旋轉繞圈。

「妳回來了哦？」

「妳睡到現在哦……，這樣飽嗎？」我注意到阿桃那頭豐盈的捲髮已經失去原有的潤澤和捲度，便問她是否還有燙頭髮的打算嗎？不過從客廳傳來鄰居稱讚魚缸和魚氣派及我父親狂放忘形的笑聲蓋過我們姊妹倆的談話，阿桃比以前消瘦，氣色也沒那麼好，精神頹委，我懷疑她吃太多泡麵才使得她眼神無主失了焦距。她只管著捧大碗公速速穿過廊道，我聽到我父親叫住她，接著是拉開抽屜的聲響，他給她一包日本進口的餅干，他說：「這個很好吃。」

「謝……謝……。」阿桃有氣無力，滿心感謝；她也帶走放在椅子上一袋袋零食。

「阿桃很漂亮呢。」

「待在家裏呀，沒去工作？」

「阿梅出國回來了哦，真厲害，自己一個人去，是花了多少錢？」

「我怎麼知道……阿桃，阿桃，妳要把那些全部都拿到樓上？妳一個人吃得完！」

「哦喲……，妳看，她一個人吃得完嗎？」我母親要她們評評理。阿桃拿走的是中元節祭拜好兄弟過的餅干、糕餅、水果及飲料，她弓彎的背上馱伏一部份祭品，謹慎地踩著一步一步緩慢沈穩的步伐上樓，除了兩隻腿動著，另一隻拿碗的手爬著欄杆，那一隻反折的手腕部份還勾吊大包小包，滿滿的垃圾食物幾乎要壓垮她。

「怎麼這時候在家？」

「最近失業的人很多，她還在找，看了幾家。」我母親解釋。在關心阿桃之後，一行人又開始讚美起我父親是個「超級好爸爸」，我母親也開始開她丈夫的玩笑，不過似乎沒得到他的歡心，他哼了幾聲，只是不知是對著電視還是對著她，極短暫的沈默後住在右邊、穿西裝褲的鄰居不說玩笑話了，他正經八百地問我母親今日的收成比昨天還要少，我母親唧唧咕咕，她說他說得對，今日的收成少，真命苦。這都引不起阿桃的興趣，阿桃上了樓，然後重重地甩上門。

公園是新蓋的，有一部份還沒有完工。我和橙了去的時候正碰巧看到地方媒體在採訪理幹事，攝影機的鏡頭對準寫著里幹事名字及聯絡電話註有警語的告示牌，記者手上的麥克風無力下垂，里幹事在講手機，要聯絡他的人急的話就到他私人安養院旁的公園來找他，他現在就在接受採訪，他老母親當然可以先入住；看到草坪我就想起在這天之前的一切，我想不久就會收到大表姊的回信得知他們以及賈斯汀的近況。我瞪眼前這群誘引我想入非非的惡魔，並且做好抗戰的準備。他們開始做採訪，我注意到立在這群人左手邊、寫著社區名字的巨石陣，心想橙子也許和我一樣有興趣去爬石頭，但得等四下無人才玩得盡興。陽光很烈，訪問完了還有參觀，一參觀起來就沒完沒了。我要回家的時候，從高大茂密的芒草叢裏竄出來的蛇踩過我的腳掌，牠的腹部冰冷得令人汗毛直豎。鄰居還聚在我家，住在右邊的，還有一個赤腳的，粗聲粗氣地問起蘆筍的時價和農藥及探問著相互的收成，討論很熱烈，氣氛融洽，我母親好像忘了方才才被挖苦過，而這也才是他們感到有興趣的。我不想被他們發現我回來以免又問起更多我的私事，我輕聲走到客廳去，瞥見父親正藏著某樣又圓又亮的東西，很短暫的百分之一秒卻夠留下深刻的印象。我猶豫了一會兒，想還是先上樓翻翻自己還沒開始整理的行李箱再說。我經過我母親身邊時，她告訴我有學姊找我，還是一個和「ㄒㄧㄣ」老師有關的學姊。我打電話過去學姊拖泥帶水地說：「哦，當然，辛老師呀，我還上他的課呀，嗯，我想想，他今天下午都有空在家，明天就不一定了，他下午沒學生啦……。」

「什麼意思？」電話那頭鴉雀無聲，我擬請她說得更明白詳盡些，對於我的疑問，她似乎有些措手不及，她說：「沒有呀，就是他下午沒學生，在家啦。」

「是辛老師說的嗎？」我急切地想知道。

「什麼『ㄒㄧㄣ』老師？」她顯得快快不快，我真覺得我問太多了，何況她還是我的頭號情敵呢。我想這件事還是點到為此就好，在她面前我明白犧牲小我是會為愛情帶來光采奪目、那悲劇性質不可或缺的稜角，我平淡無奇地和她說：「我知道了。」在她迅速地掛上電話之後，我也在極短的時間內換好衣服，一下子就出現在熙來人往的車站等公車，對街有魚尾拍打地板，在幾聲沈悶的重擊後只剩客人和魚販的話家常，我母親就是無法放輕鬆，她緊張兮兮地問我要去那裏，我沒和她說我要到辛先生家，她的表情依舊令我又厭又避，我使力要扯斷她繫在我身上的繩索，當公車駛過大門口時，我想我是做到了。我進入熟悉、通往辛先生家的巷道時，十足地相信自己是備受命運呵護的天之嬌女，是人人稱羨夢想成為的幸運兒，每離辛先生家更近時，我的心臟就更劇烈地跳著，一見到那驚心動魄的鐵捲門，就更使勁地壓制怦動沸騰的情感，我按門鈴的手指頭是冷的，手臂是無力的。來應門的是一個中年女人，很居家的打扮，她隔著門問我有什麼事？我說我來找辛先生，那門依舊鎖著，她回答我老師下午沒課，說我記錯時間。

「我接到學姊的電話，她要我來。」

「他沒有和學姊聯絡過哦，妳一定是得到錯誤的訊息，他今天下午沒課。」眼前這女人什麼都懂，我的五官已經嫉妒得纏在一起了。她朝屋子開窗的那一面探看；辛先生家的窗簾已拉上了，只露出幾小塊客廳裏頭的一角陳設。她皺了皺眉頭，嘟了嘟嘴，判若兩人。

「辛先生真的不在家嗎？」我的憤怒大於我的羞愧。

「不……他不在家，屋子裏沒有人，他去美國了，他真的不在家。」她這話還沒說完，那窗簾「唰」地一聲被拉開了，我跑到窗前看到辛先生走進琴房的背影，我在屋子外面徘徊了一段時間，苦思如何才能和他講上一二句話，我看到辛老師又走回來，桌上的花瓶裏重新插滿了熟悉的黃菊大花，他背對著我坐在客廳的正中央不斷地打電話；我回到家後因而我母親一見我就問：「妳為什麼又跑去找辛老師？」

「妳不知道他不教了嗎？」（妳卻什麼也沒和我說。）

「妳不要去找他，他打電話來罵人。」我父親說。

橙子在我腳邊摩蹭，張著哈哈大嘴，我怕嚇到牠，便克制自持又輕聲細語地問我母親：「他說什麼？」

「他說得很難聽。」

「學校也打電話來了，」她把雙手往腰際一放，眉頭緊鎖，我母親替我做了決定：「妳下學期就不要唸了。」

我跳起來，我拒絕，我看了橙子一眼，然後反駁她：「妳不懂就不要胡說八道！」橙子依舊哈哈喘氣，天真地看著我。我順著我母親的目光望去，知道這是我父親的意思。輪到她反駁我：「難道不是嗎？妳到底在想什麼？」

「妳還好意思問我！」我站得直挺挺地，使盡吃奶的力量要把一言一字永遠牢牢打在我母親心坎裏，氣力有多大就話就說得有多重，而我的怒火竟然就被她澆熄，我幾乎跪求在地：「別人和妳說話妳要聽呀，不要別人說什麼就跟著說什麼。」橙子坐得端端正正地，一對圓滾滾的大眼睛眨也不眨地。

「走開。」我心煩意亂又無力地揮揮手。阿桃在樓梯口偷聽，她沒察覺我上樓，但我不奢求任何人來安慰我，我唯一想做的事情就是順利向學校問到新老師的電話，只是當我再度面對校方「為什麼去找辛老師」時，吃了悶虧的苦，心裏頭不平，強裝振作，行如死屍，無人時就在橙子面前淚如雨下，最傷心的莫過於再次被辛老師背叛吧。

「妳也唸得不好。」我母親之後還是憂心忡忡地找我幫忙她農事。我那陣子一度很茫然，甚至曾把比賽用譜扔到垃圾桶後跑去田裏，我母親總給我一半的賣菜錢，但那遠遠不及我教琴收入的一半。我一回家後就又把譜撿回來；我不認為自己有我母親嘴裏的那樣「唸得不好」。我有天在整理行李時，發現放在行李箱裏的白洋裝竟然已經破爛了，而且發黃發臭，我幾乎要為它奔喪，我不惜一切代價要恢復白洋裝的原貌，我母親又來叫喚我，我一氣之下我跑去練琴當藉口，連二表姊的鏡子也不找了。我埋怨她總是人云亦云，從來沒有主見。她聽這番話聽鋼琴聲在外面等了很久；其實我並不是完全對她說教，不過是偶然察覺到這句話似乎能左右她的意識。後來也許她詞窮力盡也許心灰意冷，她在窗口瞟了我一下就如她表示的「隨便妳」這話一樣，她不管我，我又有自己的時間。她離開後我甚至還有要把窗戶封死的念頭，以防止再被她下蠱毒。

七夕節那天，在新公園辦了愛心園遊會，一早就有人推了伴唱機到涼亭裏。我去敲阿桃的門，想約她逛逛園遊會，去發現新奇的東西或是吃些美食。她一打開房門，嗆辣甘辛的味道撲來，勾起我一些難忘的感覺，似曾相似，我後來努力回想發覺它和我父親車裏的香水味頗雷同，我自己也覺得這念頭可笑和不可能，那樣的猜測未免也太骯髒了，但我還免不了起疑，我強勢探頭往阿桃的房間裏看看有沒有其它人，令我放心的是她房裏只有她；桌上擺滿各式大小的瓶瓶罐罐，有些和我父親車上的屬同一個廠牌，味道就是從那裏飄來的，當然，還有來自廁所的熱汽和積久的氨味。

「我不去。」她覺得我的提議很乏味，而且是件煩悶的事。

「為什麼呢？」我真是不敢相信。眼前的阿桃那額上蓋住眼睛的頭髮不知是瀏海還是從後腦勺倒掛來的，身上灰色的睡衣有黃漬也起了雜亂的縐褶，她的肉體也混雜了令人頭暈目眩的油味，她要把門拉上時，我再次說服她，還和她提到可以認識新的男孩子，她楞了一下，她已經忘了和「男孩子」有關的任何事。我真希望她能振作一些，形單影隻的生活很寂寞，而且我也不知道該如何打扮自己或是去新老師那兒時為穿什麼衣服急得像熱鍋上的螞蟻，在家獨自一個人搞時尚真像上刀山下油鍋，又悲慘又可怕，我寧願我父親拿刀子來捅我。

只要有外出的機會，我就毫不猶豫帶著橙子一塊。當地記者現場採訪那個穿西裝褲、幾天前來住我家右邊的鄰居，他今天也穿西裝褲。記者問他如何稱呼？他自詡為「附近某工廠的負責人」；這附近有一間汽車零件工廠和一間羽毛球工廠，但他都不在這兩間工廠裏上班，聽說他低血壓，他每天早上都和我母親一樣去田裏務農；反正記者也不會去打聽。他正要開始發表「逛園遊會心得」時，理幹事來搭住他的肩頭，他和記者簡單的介紹完他，分享起被採訪過的經驗，只是那鄰居神色愀然，顯得不大領情，他對理幹事眉毛一揚，理幹事的臉色一縮一沈，他像丟垃圾一樣地丟下「你也被採訪」，又對記者及攝影事點頭致意後就投往另一夥人，我想他心裏還對於上次被這鄰居公開抱怨沒有事先發號碼牌致使許多人在里長服務處領不到中元節法會的祭品這事感到心裏不是滋味吧。

「我洪某人今天很高興來到園遊會，這座公園真是附近居民的好去處……。」

涼亭上除了伴唱機還有人在分送啤酒，他們一面吆喝說是「理幹事的兒子大請客」，一面將啤酒塞進過路人手裏，也有人是貪圖兩罐啤酒去的。橙子急著走，我買了四支熱狗。來的人不多，但也不少，主要是住在這公園附近的居民，或是來了之後又匆促離去的過客。大家熱衷拿麥克風聲嘶力竭，唱得起興的時候，一被抗議聲音太大，兩方誰也不讓就爭吵了起來。

「沒看到大家在辦園遊會啊！」掛在亭子的樑柱間那寫著「歡迎蒞臨社區公園新落成愛心園遊會」的紅底白字布幔被風颳了下來，吹到湖面上，嚇跑悠閒的大白鴨。

「辦呀，辦呀，就不能轉小聲一點嘛！」

「說那什麼瘋話！」抗議的人被當作瘋子，穿西裝褲的鄰居和理幹事一塊來和解；抗議還是有效，在那人鐵青著臉走了之後伴唱機的音量小了，失準的歌聲持續到入夜以後。我回到家後坐在電視機前吃熱狗時，還滿訝異我母親沒來破壞我的好心情，她看到我手上的三支熱狗時竟然沒叨唸我吃那麼多，也沒說我不肥才怪。我還生她的氣，她從陽台走進來後我又怪她門關不好。但說實在的，阿桃不吃，我也吃不下那麼多，更不想養胖橙子，我於是將一支熱狗推給我母親，她嫌惡它份量大，最令人驚訝的是她嘴上挑，卻也想也不想就收下它。我看她滿足地大口大口地咬著，在心裏頭掙扎一番，決定把最後一支也給她，她生硬地搖搖頭，又開始嫌棄熱狗是高熱量的食物。她問我園遊會好不好玩？我和她說到有人在分送啤酒和唱卡拉ＯＫ；她吃了熱狗就不打算去。

表姊們的生活如常。吃飽後的第一件事就是去整理沒整理完的行李，我在行李中拿出了幾大包五彩繽紛造形討喜的糖果，表姊們怕我回來失禮，硬買給我要分送給左鄰右舍。我拿給我母親並和她說表姊們的心意，我擔心鄰居們不收便要她分送出去，她抓去一包，左看右看，對此厭惡極了，她說：「這麼漂亮的糖果，留著自己吃就好了，還送！這麼漂亮的東西他們一定要！」她手掌一落，擊死了一隻蒼蠅。對於她說的話我心裏還是存疑，認為她懶惰推託。我數了數，總共有五大包糖果，每包至少也有二公斤，哪吃得完呀。我母親臉一擺，撂話：「妳不吃，我吃，我帶到田裏吃。」台灣天氣熱，我便用了從英國帶回來的塑膠袋把糖都裝在一起，送進冰箱裏頭存放。

「我去拿了兩罐啤酒，我叫我大兒子也去拿了，另一個就沒去……。」這句話不是又來我家說的，沒有人再對出國這事感到興趣，不再有人來我家；而是那穿西裝褲的鄰居見我母親要外出時，問起她怎麼沒去園遊會時加上去的，還有：「那天電視台有來採訪我，下午要重播。」我母親驚嘆連連，他得意洋洋地告訴她：「早上就已經播過了，下午在新聞前要再播一次。」他向路過的理幹事兒子說「嗨」打招呼，並且建議起在巷子裏頭停車子的規定：「車子應該都要停到巷底，不然假日人都回來就把路都佔滿了。」理幹事兒子對此倒頗是訝異，臉也很臭，他匆匆走了，「假日停車規定」從來沒有實行過。我母親笑臉盈盈地分給他一把從英國帶回來的糖果。我母親臨走前對在陽台上的我大呼小叫，要我記得把蘆筍載去給中盤商，我心裏頭嘔得要死，儘管理幹事兒子走遠了，但難保他就不會聽見，在他面前把我和蘆筍扯在一起夠使我成為笑柄，真令人煩躁。

要去新老師家上課的某天，經過我父親身邊時，他忽然叫住我，糾正我走路姿勢不良，縮胸縮肩的樣子很難看；他說話時還不時發出喘息聲，手也有意無意地往胯下摸，就快露出來了。我母親不在家，我再也受不他沒完沒了，我暴跳如雷，對他咆哮一番，又怕又氣，我看到幾天前來我家的鄰居們都在外頭，那個收下我母親糖果的鄰居也在，我想他會看在我母親給他糖果的份上站出來為我說說話。我衝出去，我擦了眼淚，心裏十分惶恐，他們停下腳步但又走了過去，在巷子的另一邊群結聊天，遠望我獨自呆站在家門前。住對面的一個媽媽站在門口怒視我父親，我父親立即坐回椅子上，撐著頭繼續看電視。我跑到無人的公園，經過鄰居時他們似覺得掃興，不講話了。我坐在涼亭心情久久不能平復，後來後悔沒把握比賽前的時間，深深覺得又平白無故浪費一堂課，心裏燃起央求老師補課的念頭。原也以為我可以待到天黑，在我母親回到家後才回去，那知一進屋後一看時鐘，我也才外面坐了一個鐘頭四十五分。我父親又刻意裸露。這天晚餐他還炸了香腸，他親熱地叫喚「阿梅、阿梅、阿梅」，我抄起菜刀，心裡頭懷念起關於辛先生和賈斯汀的一切一切，在他面前將一根根香腸剁成片狀，我刀法不俐落，但絕對剁得畸形有餘。我把那盤剁得七零八碎的香腸「砰」的一聲釘到他面前時，他臉色慘白，久久啞口無言。

我母親始終不知道這些事，我漸漸遠離這些見死不救的鄰居，也很高興我父親寧願只看電視而不看我這又瘋又兇的不孝女。我心裏佩服我母親明察秋毫：鄰居當然會要那些漂亮的糖果。我每天一定彈琴，心裡頭的平靜紮實地就放肆地像火一樣地燒了起來，特別一開窗看到鄰居鳥獸散後，就更愛在半夜彈並且無視他們的抗議。我母親曾經因為沒有一個鄰人理她一度脾氣變得很壞，性情暴躁，鼻酸地不辭辛苦四處分送從田裏帶回來的時蔬，一些人後來也才慢慢與她漸行漸近。我並不同情我母親，僅管曾想過可能是鄰居要報復我才冷落她時而心裏稍稍愧疚，但仍舊不滿她討好他們的行為，她太憨厚又無知，覺得她該為過去的刻薄寡情得到些淒涼下場。我總毫不留情地在她沒關好紗窗時更對她冷嘲熱諷，她看起來也明白自己真是笨手笨腳，她轉身去把門關好，下次也留意，第二天還是謹慎，第三天忘了為門的事和我吵架，第四天小心翼翼，第五天亦然……，第六天我坐在她身邊和她一塊看連續劇時忽然鼻酸想哭。我故意轉連續以外的節目，我母親先是沈迷卡通，日子久了愛看電影。我們便都明白，生活除了工作，工作帶來的一切，還有不是工作帶來的像是「愛」或是類似這些的東西，例如：「包容」。

去比賽那天早上我找不到從英國帶回來的洋裝，它不見了，我前天還看到它。我母親說她沒翻我的東西，我懷疑是阿桃或我父親拿走它，但後來也並沒在他倆的房間內，它無聲無息地消失了。比賽後里長送來二個花圈，我也開始躲避過多的熱情和好奇儘量往後門進出，我母親又開始像隻麻雀一樣，往田裏飛，在巷道裏喊喊喳喳，但怎麼樣也勝不過里幹事的聲音，那天他問住在對面、曾安慰過我的鄰居：「為什麼你載我母親？讓人以為我拋棄她！」他的音量把住在屋子裏的人都震到巷子上。

「話不能這樣講，這可是冤枉，你太太帶我去拔菜，我也有和她說『謝謝』，話不能這樣講，真是天大的冤枉⋯⋯，」鄰居忙著解釋，里幹事忙著忿忿不平，雙方都要講不想聽。

「做人怎麼可以這樣？」在門口抱著孫子把尿的太太出來主持正義。口裏喊冤的鄰居撥雲見日也只在一瞬之間，在那太太旋即又大肆讚美里幹事太太種的紅蘿蔔一番之後，那鄰居的臉就又綠一片，其它的人都過來摸摸這有正義感的人的小孩臉頰，只是她一開口，他們就都默默走回到自己的家中。巷子裏始終維持一種既緊張卻又規律的氛圍和生活作息，穿西裝褲的鄰居明白按照理幹事的方法並不能使他大受歡迎，理幹事太太也很久沒送來蘿蔔，他每天又去下田。

我父親在這天接近傍晚的時候中風被送到醫院去了，由於腦血管栓塞，他在醫院住了近一個星期。我母親說她一進門就看到我父親被畫像裏的女人迷昏了頭，他全身僵硬臉色發白，高舉的手、整個人不停顫抖，我母親先是以為狐狸精亂到家裏來，厲聲斥責，後來她奪走他手上畫像，將畫像往牆壁一砸後，才知道那哪是什麼畫像，竟然就是面活鏡子，紅臭了大半面牆！我父親被嚇去半條命，軟癱在椅子上。醫生說我父親太激動了，又平時吃多甜食，要不是及早發現，也許就回天乏術。我母親在醫院交給我一把鑰匙，我回到家客廳裏我父親坐的地方還有一灘血水，我清理它時腦子一片空白，彷彿驟聽賈斯汀去世時一樣的震驚。

我遵從我母親的交代來到我父親的房間，在拉開正確的抽屜拿皮夾之前，我翻了一遍所有打得開的櫃子、抽屜，我楞住了，因為室內一時金碧輝煌。阿桃沒去醫院，我想我明白為什麼她不去。我看得出來在某種程度上她已經死了，不過不是那種真的肉體的死，而是她的心已經垂老了，這個世界和夢已經沒有署上她名字的方格子。她曾經回到現實世界中，她去見愛慕她的男網友，小她五歲的男網友隔天和她失聯後她就關在她那具棺木裏頭玩網路遊戲，夜晚出來覓食，再也沒出門過，她也不知道公園裏的樹木在四月開黃花。她走出這棟房子後，如猛鬼出匣，小孩子會嚇得尖叫逃竄，在這個世界上如同是具還能行走的屍體。她既不相信家的存在，也不否認，她對家漠不關心。陸陸續續是又結識了幾個網路遊戲玩家，學會了年輕人的用語，一被拒絕後就哭得死去活來，自殺了幾次又被我母親救回來，我父親見她這樣下去不是辦法，而我母親月初打聽了幾條街外有個不抽煙喝酒沒不良嗜好的早餐店老闆，再聽到早餐店的店面是老闆自己省吃儉用買下的，那老闆也乾脆，連訂婚都不要，月初的事不到月半他們就把阿桃的婚事辦了。後來到阿桃真的死去的那一天，她的表情很平靜，雨水順勢從棺木上落入了黑色的塵土，冷風刺骨，阿桃張開著的雙眼裏有憂鬱就是不願閉上，我身強體壯的母親哭說她執拗，生前只會向她討錢，死後也不好好走，我父親手一揮，怪一切都是命。

我沒見到西珂芬娜小姐，我想她的故事早在八百年前就已經結束了，我回台灣後真的再也沒見到西珂芬娜小姐和她的同伴出現或是碰到古怪的事，社會版新聞也沒有相關消息。也許她曾經在我父親面前顯現過，但鏡子毀了，洋裝也不見了，沒有人被刺死，事情就告落了。洋裝不見了難免覺得可惜，但想來它也不真的算是我的，不是我買的；有一天我去當音樂比賽的評審時，一個女孩子的容貌使我想起可惡壞心的艾蜜莉亞，女孩子倏地消失在黑色的布幕後面；我想到了白洋裝，覺得也有可能是它明白它再也誘惑不了我時就自行摸黑另尋主人去了。

語言文學類　PG0599

非關愛情

作　　者／溫　菱
責任編輯／孫偉迪
圖文排版／張慧雯
封面設計／陳佩蓉

發 行 人／宋政坤
法律顧問／毛國樑　律師
印製出版／秀威資訊科技股份有限公司
114台北市內湖區瑞光路76巷65號1樓
電話：+886-2-2796-3638　傳真：+886-2-2796-1377
http://www.showwe.com.tw
劃撥帳號／19563868　戶名：秀威資訊科技股份有限公司
讀者服務信箱：service@showwe.com.tw
展售門市／國家書店（松江門市）
104台北市中山區松江路209號1樓
電話：+886-2-2518-0207　傳真：+886-2-2518-0778
網路訂購／秀威網路書店：http://www.bodbooks.com.tw
國家網路書店：http://www.govbooks.com.tw
圖書經銷／紅螞蟻圖書有限公司
114台北市內湖區舊宗路二段121巷28、32號4樓
電話：+886-2-2795-3656　傳真：+886-2-2795-4100

2011年10月BOD一版
定價：250元

國家圖書館出版品預行編目

非關愛情 / 溫菱. -- 一版. -- 臺北市 : 秀威資訊科技,
2011.10
面； 公分. -- (語言文學類 ; PG0599)
BOD版
ISBN 978-986-221-799-3(平裝)

857.7 100013284

讀者回函卡

感謝您購買本書，為提升服務品質，請填妥以下資料，將讀者回函卡直接寄回或傳真本公司，收到您的寶貴意見後，我們會收藏記錄及檢討，謝謝！
如您需要了解本公司最新出版書目、購書優惠或企劃活動，歡迎您上網查詢或下載相關資料：http:// www.showwe.com.tw

您購買的書名：________________________________

出生日期：________年________月________日

學歷：□高中（含）以下　□大專　□研究所（含）以上

職業：□製造業　□金融業　□資訊業　□軍警　□傳播業　□自由業
　　　□服務業　□公務員　□教職　□學生　□家管　□其它_____

購書地點：□網路書店　□實體書店　□書展　□郵購　□贈閱　□其他

您從何得知本書的消息？

□網路書店　□實體書店　□網路搜尋　□電子報　□書訊　□雜誌
□傳播媒體　□親友推薦　□網站推薦　□部落格　□其他__________

您對本書的評價：（請填代號　1.非常滿意　2.滿意　3.尚可　4.再改進）

封面設計____　版面編排____　內容____　文／譯筆____　價格____

讀完書後您覺得：

□很有收穫　□有收穫　□收穫不多　□沒收穫

對我們的建議：________________________________

____

____

____

請貼
郵票

11466
台北市內湖區瑞光路 76 巷 65 號 1 樓
秀威資訊科技股份有限公司 收
BOD 數位出版事業部

（請沿線對折寄回，謝謝！）

姓　　名：＿＿＿＿＿＿＿＿＿＿　年齡：＿＿＿＿　性別：□女　□男

郵遞區號：□□□□□

地　　址：＿＿＿＿＿＿＿＿＿＿＿＿＿＿＿＿＿＿＿＿＿＿＿

聯絡電話：(日)＿＿＿＿＿＿＿＿＿＿＿(夜)＿＿＿＿＿＿＿＿＿＿＿

E-mail：＿＿＿＿＿＿＿＿＿＿＿＿＿＿＿＿＿＿＿＿＿＿＿